朗朗书房·亲子教育系列

预见孩子的未来

张黛眉◎著

中国人民大学出版社

Part 1
气质天生篇
了解孩子的独一无二

Part 2
因质而教篇
气质不同，
教法就不同

因材施教从了解气质开始

　　所谓的"因材施教"依据台湾三民书局所出版《新辞典》的解释，是指"针对受教者的材质施予适当的教育"，是孔老夫子在两千多年前提出来的教育理论，其观点与现代心理学及教育学主张"尊重个别差异"的人本理念不谋而合，先人的智慧真叫人不得不佩服。

　　"因材施教"不只是教育，也是教养子女千古不变的真理。遗憾的是，孔老夫子运用自如的教育原理并没有在古籍上留下结构化的知识体系。对于多数父母而言，相信真理不是难事，如何去了解孩子是什么样的"材"，对于不同"材"的孩子又该如何以不同的方式来施教可就没那么容易了。

　　生命是奥妙无穷的，每个孩子都有他与生俱来的特质。1956年美国纽约大学的两位学者开始针对这个课题进行长期的研究，并提出"天生气质"的观点，这个理论相当周全且实际地充实了"因材施教"的内涵。

　　黛眉是我在台大求学阶段的学妹，常常拿书卷奖的她对于学理的钻研与贯通自然不在话下。研究所毕业后，黛眉全心投入临床心理实务工作，对于儿童青少年的心理辅导与治疗有了丰厚的累积。陪伴自己家里那一对个性迥异的宝贝成长，更让她展现出结合理论与实务的功力。

1

儿童的气质评量以及亲职教育工作是黛眉的专业，也是黛眉热情洋溢的体现。在本书中，她轻松而贴切地介绍了气质的基本概念，并详细列出"气质"概念在孩子成长的几个重要领域之运用方式，相信对于为人父母者将有莫大的助益。

亲职教育专家·耕心亲子教室主任 杨俐容

发现孩子的独特性

在少子化的现代社会，每个孩子都是父母的心肝宝贝，每一位父母都想把最好的给孩子。但是给孩子什么，才是长远而言对他最好的呢？书店里琳琅满目的教养书籍，让有心的父母也不知从何挑选起，什么样的教养方式才最适合自己的孩子呢？

其实每个孩子都有属于他们的天生个性和特质，这些与生俱来的特质会影响他们与外在世界的互动方式，例如孩子与父母之间的亲子关系及孩子未来的人格形成以及情绪与人际关系的发展。

如果父母能够提早知道孩子的气质特性，就能够采取适合孩子气质的教养方式来帮助他们适情适性地成长，发展出健康的性格和成熟的人际关系。在培养孩子的过程中，也才能够依照孩子的特质，安排最适合孩子天性的生涯规划，来帮助孩子发挥自己天生的优势。

我自己也是在当了妈妈之后，才知道做妈妈是需要学习的。我们家的两个小宝贝，在学龄前的阶段，根据托儿所老师的形容，一个很"特别"，一个很"精彩"。

从老师的角度看来，都是属于气质上较难教养，有个性，不容易应付的孩子。还好从大学发展心理学课堂上学到的"气质"概念帮助我渡过新手妈妈的挫折感，学会客观地看待孩子与生俱来的特质，才不至于把所有的问题都归因于自己身上，而可以比较心平气和，不带有情绪地从正向的角度"欣赏"孩子的特质。这一路上跌跌撞撞地陪伴孩子成长，同时将自己在儿童临床上的十八般武艺一一拿出来应用，见招拆招，总算是试验出不少有效的教养招术。有时候觉得自己还真的算是"三折肱而成良医"呢！

大约六年前，在杨俐容老师的引介之下，我开始每年在成长文教基金会所属的托儿所——成长仁爱园、水莲园和吉利托儿所，对家长进行以儿童气质为主题的演讲，将自己对气质的了解，加上临床心理学的知识，通过自己的实战经验，和许许多多学龄前孩子的家长一起分享。六年来在许多不同的地方和家长一起讨论、思考孩子的问题，让我接触到其他孩子更多彩多姿的行为模式。这些宝贵的经验，也让我有更多的学习机会。

台视文化的主编谢咏涵小姐邀请我为儿童气质写一本书，我想正好利用这个机会，将这六年来累积的经验做一个整理。我一直觉得做父母是需要学习的，爱与管教都同样地重要。如果父母先学会爱孩子，和孩子建立正向的亲子关系，再加上明确有效的管教策略，那么每个孩子都可以健康快乐地成长。我相信通过这本书所提供的评估，可以让父母与孩子之间有更多的了解，而能够彼此接纳，更加地相爱。同时，也希望通过轻松有趣的说明，给所有的家长提供在教养上有用的指引。

张黛眉

写在前面

　　孩子是一个独立的个体，从生下来的那一天起，就带着他独特的天生气质，展现出属于他自己的表达方式，与身边的每一个人互动。我们要像是认识一个新朋友一样，通过观察他对事物的不同反应，来了解这样一个小人儿。这个麻雀虽小五脏俱全的小朋友，其实也有他自己的个性和脾气。

　　想要了解这个闯入我们的生活与我们非常亲密的新朋友的第一个秘诀是：请记得常常蹲下来或是坐下来，以接近他们的高度和他们说话。这是进入孩子世界的第一步。当自己和孩子在同样的高度时，我们才能知道孩子眼中的世界长得什么样子。

　　有好几次当我想要引导孩子去看某个景物，孩子却一直找不到时，我就会试着蹲下来从孩子的高度看过去，结果才惊讶地发现，从孩子的角度看，什么都看不到。孩子的视野及世界和成人的角度是很不相同的。所以带着孩子逛街时，大人看到的是五花八门、琳琅满目的商品，孩子看到的却常常是迎面而来的小朋友或是街上的猫狗、地上的小虫子，因为他们离地面比较近。

　　在物理的世界里，孩子受限于他的高度，看事情的角度明显地和大人不同。在心理的世界里，孩子也因为他的年纪和个性，对事物有着与成人迥然不同的观点。如果我们能够常常蹲下来或是坐下来和他们聊一聊，有耐心地听听他们的想法和感觉，就会愿意调整自己在成人世界里认为理所当然的想法，给孩子一个比较合理的环境和尊重的对待。

希望这本书能够帮助我们从一个新的角度更贴近身边的这个亲密爱人，也因为了解而能够与他们有一份美好和谐的关系。

这本书同时也是为那些不习惯从密密麻麻的文字中获取新观念的父母写的，有些人一看到书本就想睡觉，只能从其他的渠道获取资讯，从而失去很多学习的机会。希望看这本书就像是听一个有经验的妈妈娓娓道来，和你分享她的育儿经验一样，轻轻松松就能学会有用的教养观念和策略。

序章

孩子的未来，
从"气质"开始谈起

序章

孩子的未来，从"气质"开始谈起

气质是什么？

每一个妈妈一定都曾经有过这样的经验，带着心爱的小宝贝出门散步或是去公园玩，看到其他的家长也带着年龄相仿的孩子在玩，很自然地妈妈之间的对话就开始了：

"你们家这个几岁了？"

"我这个两岁多，每天皮得要死，跑来跑去，抓都抓不住。"

"我们家这个也两岁多，他是很乖啦！不过就是太黏我了。"

"我们这个天不怕地不怕，都跑给人家追。"

妈妈们的心里不禁在想，同样是两岁，怎么差那么多啊？

等孩子大一点儿，认真的妈妈带着小宝贝去参加为小朋友举办的小团体活动，看到别的小朋友专注地听故事，还大声地回答问题；自己家这个却东张西望，不知道在注意什么，别人和他说话，也不回答，害羞地躲在自己身边。做妈妈的心里不禁又嘀咕起来："我们家这个怎么和别人家的小朋友不一样？是不是有什么问题？"真是令人又担心又气馁。

相信每个父母在孩子成长的不同阶段，心里多多少少会出现这样的疑问。父母如果不知道"气质"是什么，这样的困惑一定会层出不穷，而且可能会将孩子的行为作了错误的解读，以为自己的小朋友有什么问题。

如果父母有了"气质"的概念，从"气质"的角度去了解你的宝贝，那么很多疑虑就能迎刃而解，而孩子的很多行为可能就不是问题了。

到底什么是"气质"呢？如果有机会带孩子去公园玩，你不妨轻松地坐在一旁观察公园里的孩子们。你会发现，每个孩子不只长的样子不一样，穿着打扮不一样，面对相同情况的行为反应也有很大的不同。有的孩子跑跑跳跳、爬上爬下动个不停；有的孩子动作斯文，慢条斯理，或是喜欢静静坐在一旁看别人玩；有的孩子不顾大人的叮咛，不断地想去尝试危险的玩法；有的孩子却正好相反，在父母不断的鼓励下，仍不敢爬得太高。观察久了，你就会慢慢发现每个孩子都有他自己的个性，我们将孩子这种与生俱来对内在或外在刺激的反应模式称为"气质"，也可以说是孩子与生俱来的性格特质。

气质使每一个人在与外在环境互动时，有自己的行为风格。气质也会影响别人对自己的反应方式。例如有些孩子天生反应强度比较强，不论高兴或是生气都会明显地表露出来，父母就比较容易知道他的情绪和需求而加以回应。相反地，反应强度弱的孩子，因为表达的强度太弱，所以常常会被别人忽略了他内在的感受和需要。比较外向的孩子常会主动地和别人交谈，也比较容易交到朋友；内向的孩子，看到人就躲在妈妈后面，从而减少了与人互动的机会。因此孩子的天生气质，再加上它所引发的后天经验，会带给孩子相当不同的生命体验，对孩子的影响是相当深远的。

气质是天生的吗？

以前的观念认为，孩子生下来像一张白纸，父母可以依照自己的期待去雕塑孩子，将他塑造成为自己喜欢的样子。所以每个怀孕的妈妈，多多少少曾经在心里幻想过自己的小孩未来的样子："我希望我的儿子将来是一个有教养的小绅士。""我希望我的儿子可以当个篮球选手，在运动场上逞威风。""我一定要把女儿打扮成小公主一样。""我希望我的女儿强悍一点儿，要会保护自己才不会被别人欺负。"

将自己未完成的梦想投射在有无限可能的新生儿身上是人之常情，不过这往往也是失望和亲子冲突的起点。因为有一个事实，我们必须接受：孩子并不是一张白纸，从受孕的那一刻起，他就带着父母亲随机组合的一组独特的遗传基因，有着自己与众不同又独一无二的个性和能力。那些部分，不是光靠后天的力量就能够完全扭转和改变的。

期待生个白雪公主的妈妈，到头来可能发现自己的女儿原来骨子里是个侠女。希望儿子像个英勇战士的爸爸，最后也不得不为保守谨慎的小绅士调整自己的期待。所以反倒是父母必须变成一张白纸，才能学习去接受孩子本来的样子。

想一想 **检视自己的期待**

　　每个父母或多或少都曾经对自己的孩子有过幻想和期待，这些期待可能来自于父母自己过去生命中未完成的事件或是失落，或是父母亲的理想和希望。

　　花一点点时间，安静下来，试着回想一下你对孩子的期待，你希望他是一个怎么样的人，请你用自己的话把它写下来。

● 我期望中的孩子是：

● 我的孩子真实的模样是：

● 两者的差别是：

● 我要接受的是什么？

● 我可以改变的是什么？

　　在看完本书之后，希望你能再回头看看自己在这一页写下的内容。再一次思考孩子的气质，调整自己的期待，也重新整理自己可以协助孩子调整的方向。

孩子的气质是与生俱来
的，其中有很大的一部分来
自于遗传，也有些来自于母亲
怀孕和生产过程的影响。比较
敏感的父母，当孩子还在襁褓
时，其实就可觉察到孩子独特
的反应方式；尤其是已经有过
一个孩子的父母亲，会发现这

个孩子和前一个孩子有某些方面是不同的：像是比较爱哭或较
容易逗他笑，每天睡醒的时间是规律的还是很难预测等。等孩
子渐渐长大，我们和孩子的相处时间比较久了，就会慢慢发现
孩子的某些个性比较像自己、另一半或家里的其他亲人。近年
来许多关于人类遗传的研究都发现，遗传在性格中扮演的角色
不容忽视，这和我们过去认为个性完全是后天环境造成的观念
是大不相同的。

气质的九个向度

我们可以从哪些角度来了解孩子的气质呢？国外的学者，
经过长期的研究，提供了九个不同的向度作为我们思考的基
础。这本书会依照这九个向度来分别加以说明。但是希望家长
们不要受限于这九个向度，以为只能从这些角度来了解孩子。
个性特质是多样性的，其实可以从更多不同的角度来观察和了
解。最重要的观念是要知道孩子也有他自己的个性。

| 活动量 | 在睡觉、游戏、做功课、吃饭、穿衣洗澡和做其他日常活动时，身体的活动量。 |

| 规律性 | 孩子日常生活作息的规律性，例如是否固定时间睡觉、起床、吃饭、排泄。 |

| 趋避性 | 孩子对新鲜刺激的第一个反应是大胆地主动靠近还是害羞地犹豫退缩。 |

| 适应度 | 孩子在面对转变时的适应状况，亦即对于不是他所预期的转变能够欣然接受还是十分抗拒。 |

| 反应强度 | 孩子用了多少力气在他对事情的反应上面。不论是快乐的或烦躁的反应，通常是很强烈还是很微弱。 |

| 情绪本质 | 孩子在各种不同情况下所表现出愉快情绪及不愉快情绪的多寡。 |

| 坚持度 | 孩子的活动（例如：阅读、做功课、练习乐器或运动技巧等）能不因任何阻挠或干扰而中断的程度。 |

| 注意力分散度 | 孩子是否很容易被周围的刺激所吸引？或者通常都对周遭的景象、声音、光线、人等视若无睹，非常专注在自己的活动上？ |

| 敏感度 | 孩子对外界的物理刺激的敏感程度，刺激强度要有多强，才能让孩子觉察到并做出反应。 |

如何评估孩子的气质呢?

通过对日常生活的行为观察所累积的印象,我们可以大致了解孩子的气质倾向。除此之外,我们也可以通过客观的问卷评估来了解孩子和同年龄的其他孩子相比较在九个气质向度上的倾向。

接下来的每一章,在介绍该项气质之前,我们会提供一个小小的检测表,家长可以参考这些题目,大略评估孩子的气质倾向。并非每个孩子在每个气质向度上都会有明显或极端的倾向,也可能在某些方面的表现不高不低,没有明显的倾向。家长若想作比较详细客观的评估,可以到各大医院的儿童青少年心理卫生门诊安排心理衡鉴。

在评估孩子的气质时,因受到评估者主观看法的影响,结果可能会不够客观。例如一个本身活动量很大的家长,可能不会觉得自己这个好动的孩子活动量偏高。所以在评估和了解孩子时,可以和配偶或是其他的家人一起讨论,从两个人不同的观点和角度评估,可能会有相同或是完全不一样的结果,由此也可以发现更多彼此个性和观点的不同,增进相互的了解,对问题的原因也能更好地洞察。

除了父母之外,保姆或是幼儿园的老师也是和孩子长时间相处的人,他们对孩子的看法也非常重要。尤其是他们面对的是一群孩子,可以有更多的参考对象用来比较孩子的特质在群体中的倾向。所以也建议家长可以和有气质概念的老师一起讨论孩子的特质,增进对孩子的了解。

和老师讨论之后，有些家长会发现，孩子的某些行为在家里和学校判若两人。这是有可能的，孩子会适应不同环境的要求，而有不同的表现。在学校里孩子必须适应团体的规范和作息模式，会期待得到同侪的接纳和老师的赞许。回到家里，放下一整天的压力，家是最温暖、最轻松、最能接纳自己本性的地方，孩子会放松自己，宣泄情绪，而有完全不同的行为表现。这并不表示孩子有双重人格，仔细地观察和了解之后，还是可以看出哪些部分是孩子的本性，哪些部分是孩子为了适应环境所作的努力。

为什么要了解气质？

　　由于每一个孩子都是那么的独特与不同，所以同一套教养方法，不一定适用于每个孩子。作为父母的我们，在学习如何教养孩子之前，应该先停下脚步来了解我们的孩子，才能用适合他们的方式来帮助他们适情适性地发展；从欣赏的角度看待他们与生俱来的特质，并且帮助他们往好的方向发展。

　　当我们明白孩子的许多行为反应和别人不同是来自于他的气质表现，而不是故意与自己作对时，我们对这些行为的接纳程度也会相对地提高许多。同时，也才能够针对不同气质的孩子运用不同的教养策略，作不同的教育安排。

　　虽然气质是天生的，受到遗传的影响很大，但不表示后天的教养都不重要，父母和后天环境的影响可以帮助孩子在某个程度内调整天生的气质。先天的气质加上后天环境的交互影响形成一个人的性格，一个人的性格要到二十岁左右才会定型，所以在孩子青春期之前，都还有调整的空间。我们也许不能期待一个原本安静内向的孩子，变得外向活泼；但是我们的确可以协助一个害羞内向的孩子学习比较大方自然地面对陌生人，并且做出适切的反应。要达到这样的目的，一定要先了解他，接纳他，然后再用适合他的方式引导，才能奏效。

因此，如果孩子的天生气质倾向是比较极端，不容易适应社会的话，父母就更应该要及早了解孩子的气质倾向，并且用适当的方法协助孩子调整自己，在青春期孩子定型之前，后天环境都还是有一定的影响力的。

气质与环境的配对

有"好的气质"和"不好的气质"吗？其实没有。任何一个气质向度都没有好或坏的差别，重要的是孩子的气质与他所处的环境之间是否能和谐配合。如果孩子的气质与他所处的外在环境总是时时处在冲突的状况下，长久下来，孩子就容易出现适应的困难和情绪的困扰。

例如一个个性文静喜爱艺术的妈妈，希望从小培养孩子的美感经验，于是常常带着孩子去听儿童音乐会，参观美术馆，可是这个小朋友是一个活泼好动的孩子，经常在美术馆里跑来跑去，在音乐会的演奏中静不下来。于是在长期被斥责、不被肯定的挫折经验之下，孩子很可能会发展出负向的自我概念，认为自己是个糟糕、不听话、调皮的孩子。

同样的这个孩子，如果正好有一个喜爱运动的爸爸，经常陪着他四处玩耍和运动，他可能会是同年龄的孩子中最早学会骑自行车、最快学会游泳的那一个。他的自信和乐观也会在许多正向的经验中点点滴滴培养出来。

　　所以，孩子周遭重要他人的气质和价值观以及他们对待孩子的方式和态度，才是会左右孩子心理健康与否的重要关键。因此，在我们了解孩子气质的同时，也要觉察自己的气质以及对孩子的期待是不是和孩子与生俱来的个性相冲突和抵触。所以在以下的各个章节中，也分别针对家长的气质设计了简单的题目，用来帮助家长提升对自己的了解。

气质天生篇

了解孩子的独一无二

1 活动量

和活动量大的孩子相处需要旺盛的精力，孩子的活力和能量即使是运动员都自叹不如。所以如果父母之一也是个活动量大的人，就尽量让他/她带着这个活力十足的孩子一起从事活动，这样彼此都能感到满足和愉快。

 评估 **孩子** 活动量的小测验

  高

	从不如此	偶尔如此	经常如此	总是如此
1. 在游乐场玩时定不下来，会不断地跑跳，玩各种设施，精力充沛，活泼好动。	①	②	③	④
2. 平常出去玩很喜欢用跑的，很少能耐着性子用走的。	①	②	③	④
3. 全身上下活力十足，好像充满电力的电池，浑身是劲，不太需要休息。	①	②	③	④
4. 被要求坐在位子上不能离开时，全身会扭来扭去，小动作很多，无法安静地坐好。	①	②	③	④

总分10～12分: 活动量偏高
总分13～16分: 活动量相当高

总分

评估 **孩子** 活动量的小测验

从不如此　偶尔如此　经常如此　总是如此

1. 去公园或游乐场时, 大多静静地在一旁看别人玩。　① ② ③ ④

2. 和家人一起出门坐车或是在餐厅吃饭时, 孩子都可以安静地坐好, 不会动来动去或是离开座位。　① ② ③ ④

3. 经常显得懒洋洋的, 不太喜欢运动。　① ② ③ ④

4. 日常生活中大部分的时间都是从事静态的活动, 例如坐着看书、看电视、画画、玩玩具。　① ② ③ ④

总分10～12分: 活动量偏低
总分13～16分: 活动量相当低

总分

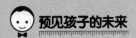

评估 **父母亲** 活动量的小测验

	从不如此	偶尔如此	经常如此	总是如此
1. 平常的休闲活动多半以动态的为主,喜欢四处跑,对静态活动如看书、听音乐多半没兴趣也没什么耐心。	①	②	③	④
2. 常常想到什么就立即行动,别人常说我是行动派。	①	②	③	④
3. 精力充沛,不太需要休息,每天睡眠的时间不需要很多。	①	②	③	④
4. 脑子里点子特别多,喜欢新鲜刺激的活动,常常忙个不停。	①	②	③	④

总分10~12分: 活动量偏高
总分13~16分: 活动量相当高

总分

评估 **父母亲** 活动量的小测验

	从不如此	偶尔如此	经常如此	总是如此

1. 平常的休闲活动以静态的为主，例如看书、听音乐。　　①　②　③　④

2. 朋友都说我很文静，或是说我太懒了。　　①　②　③　④

3. 我常常需要很多睡眠，稍微动一动就觉得累，想要休息。　　①　②　③　④

4. 我不太喜欢运动。　　①　②　③　④

总分10～12分: 活动量偏低
总分13～16分: 活动量相当低

总分

活动量简介

活动量是指孩子不论在睡觉或是醒着的时候身体活动量的多寡。有人说睡觉的时候怎么也会有活动量？的确有，活动量大的孩子，睡觉的时候也会拳打脚踢，晚上入睡时在这一头，早上起床时发现他已经滚到床的另一边去了。其实从在妈妈的肚子里时，妈妈就可以感觉到这孩子的活力十足，胎动特别多，小脚踢起来也特别有力。

出生之后，妈妈会发现很难把他包在襁褓里，因为他总是不安分地想伸出他的小手小脚舒展一下。由于很好动，常常在床上动来动去，有一天不小心就学会翻身了，可能比其他的孩子要提早一两个月。接下来所有的动作学习，都因为喜欢动而增加练习的机会，发展得比其他的孩子快很多。但是妈妈别高兴得太早，等他开始会爬会走之后，妈妈就开始辛苦了。活动量大的孩子总是忙个不停，不喜欢静静地坐着用眼睛观察，所以他们不喜欢坐在娃娃车里，总想爬出来自己走。等到会说话之后，更是唧唧喳喳吵个不停。因为内在有源源不绝的能量，所以不论到任何地方，总是会找出一些方法，将内在的活力展现出来。当外在情境适合时，孩子就是"活泼可爱"，当外在情境不适合时，孩子就是"调皮捣蛋"，就看大人从什么角度去解释孩子的行为。说话是另一个发泄能量的渠道，所以好动的孩子也很爱讲话，尤其是当行动被限制时，例如在车子里面，或是在教室里上课时，内在的能量无处发泄，只好动嘴巴不停地讲话了。

相反，有些孩子的活动量偏低，总是静静地不喜欢动，从小乖乖坐着，常常是老师们最喜欢的小朋友。他们不喜欢大动作的活动，喜欢静态的或是可以坐着从事的比较需要精细动作的活动。有时候父母会觉得他们太懒，动作太慢，不爱运动。不过，在幼儿园或是学校里，很少会看到他们在人群中冲撞的身影，相对地也比较不容易受伤或是和其他的小朋友起冲突。

如何与活动量大的孩子相处

和活动量大的孩子相处需要旺盛的精力，孩子的活力和能量即使是运动员都自叹不如。所以如果父母之一也是个活动量大的成人，就尽量让他/她带着这个活力十足的孩子一起从事活动，这样他们彼此都能感到满足和愉快。相反地，如果是个文静的爸爸或是妈妈，很快就会受不了小猴子的折磨，不是举白旗投降就是因为过度的疲累而失去原有的气质和修养，忍不住要大声地斥责了。因此，父母亲对自己的状态和情绪的觉察就变得很重要，当自己感到精疲力竭时，就要寻求其他家人的支援和协助，给自己喘息的机会；或是帮孩子安排一个安全的环境，让他可以尽情地发泄，自己也可以短暂地休息和充电。像是带孩子去儿童游乐场玩一趟，就是一个不错的安排。

对活动量大的孩子要给予更多发泄精力的机会，对他的活力给予赞美，尽量少带他去需要安静限制行动的地方，像是听音乐会、看画展、去气氛优雅的餐厅等，以免增加孩子的挫折感，给彼此带来麻烦。等孩子的控制力有进步时，再考虑渐近式地接触这些情境，也让孩子有机会尝试不同的体验，并且看到自己的成长和进步，从户外的音乐会或是儿童戏剧开始尝试，是比较好的选择。

若是孩子尚未学会自我控制，但又必须到一些要求安静的场合时，请事先预备好一些不会制造出吵闹又可以让孩子消耗精力的玩具，或是准备一些可以被环境接受的小活动。在进入这个场所前，先和孩子约法三章，让孩子知道哪些事情是可以被接受的，哪些事情是不可以做的。在过程中，随时给孩子鼓励和提醒，并且视孩子的状况拿出法宝一、法宝二、法宝三等事先准备好的方案，来转换孩子的活动，让孩子的活动量能适度地得到满足，不至于在过程中造成干扰。

行为管理策略

 如何与孩子作约定

在日常生活中，如果孩子经常在特定的情境下出现类似的行为问题，就必须找一个彼此心情好的时间，针对这个问题进行讨论，并且制定行为的约定和规范。这样才不至于继续重复同样的问题，或是总是在事情发生时才生气地处理。

例如每次带小孩去麦当劳，孩子总是还没吃完东西就跑去玩；在游戏室里跑来跑去，和别的小朋友吵架；妈妈说要回家时，小孩就要赖，大哭大叫不想走。这时候就必须和孩子讨论出一个"麦当劳规定"。

规定的内容是："在麦当劳吃东西前要洗手，吃完东西才能去玩，在游戏室不可以跑来跑去或是和别的小朋友吵架，妈妈说要回家就一定要回家，不可以哭闹。""如果遵守规定，表示自己的自制力很好，以后还有机会来麦当劳玩；如果没有遵守规定，一个月（或是两个月，依情况自定）不能再来。"

我们在约束孩子的行为时，常常只会强调什么事情是被禁止的，孩子听到了许多"不可以"，却不知道自己可以做些什么事情。所以在规定和限制孩子的同时，若能同时提供孩子在那个情境下可以做哪些事情的一个选择清单，效果将会更好。因此如果在规定中再加入"在麦当劳里可以去游戏室玩、小声地聊天、画画、看书"将会使得这个规定更加完整。

家长可以依样画葫芦订出你们家的"餐厅用餐约定"、"百货公司约定"、"图书馆约定"。把经常在同一情境下出现的行为问题用一个大家同意的约定来规范。清楚地说明什么行为可被接受，什么行为不可以出现，遵守约定的奖励和惩罚是什么，你也可以用与情境相关的自然后果作为奖励和处罚（再次来麦当劳的权利作为奖励，限制一段时间不能再来作为惩罚）。

约定的内容必须经过讨论并且彼此都同意。但是家长切记，并不是约定好事情就结束了，因为孩子保证第二天就忘了这个约定。孩子是非常健忘的，所以每次在进入麦当劳（或是餐厅、书店、百货公司、图书馆）之前，一定要记得先停下来，和孩子一起复习之前制定的规矩，让孩子的行为有清楚的依循，重新唤起孩子对规矩的记忆，这样这些规定才能发挥功用。

进入之后，适时地稍作提醒，对孩子好的表现给予鼓励，孩子通常都能够好好遵守规定，保持良好的行为。如果出现约定中的不当行为，一定要确实地执行约定好的惩罚，并且清楚地让孩子知道，是因为什么原因，才要接受这样的惩罚。

游 戏

无聊时的小游戏

活动量大的孩子最怕无聊，他们没事做时就浑身不舒服。在一个被限制的环境下，例如长途旅行的车厢中，或是在公车地铁上，在餐厅等候用餐或是吃饱饭在等待父母和朋友们边吃边聊时，常常很容易出状况。

以下提供一些消磨时间的小游戏，可以让好动的孩子暂时既有宣泄能量的出口，又不至于造成干扰。

语词接龙：和孩子们轮流接语词或是成语，例如公车→车票→漂亮……

- -

玩扑克牌、下棋或是画图

- -

猜谜：除了常见的谜语和脑筋急转弯之外，有一种很容易自编的猜谜游戏，不但可以消磨时间，还可以训练孩子的创造力、想象力和表达能力。大家可以轮流出题目给别人猜，线索可以逐渐增加，不要提示太多，不然很容易就被猜到了。

例如：
有一种水果，皮是绿色的，硬硬的，不用削皮就可以吃。
有一种东西，常出现在厨房里，口渴时需要用它，太热时它会尖叫。
有一种动物，在树上生活，耳朵大大的，毛是灰色的，动作很慢爱睡觉。

游 戏

完全对抗无聊手册

孩子会常常抱怨："我好无聊"，所以除了上面提供的游戏之外，也可以和孩子一起制作一本"完全对抗无聊手册"，让孩子自己想一想，当下雨天在家里很无聊时，可以玩些什么游戏，然后用自己的方式画下来，一页画一种游戏。等下一回孩子又开始抱怨"我好无聊"时，就请他自己去翻翻自制的"完全对抗无聊手册"吧！

引导孩子学会调节及运用自己的能量

活动量大的孩子浑身上下充满了能量，随时蓄势待发，如果能将孩子的能量作适当的引导和宣泄，就不至于会因为过多的活动量而造成困扰，反而能将他的活力变成他的优点。

以下是几种有效的方法：

帮助孩子培养对运动的兴趣，例如游泳、桌球、骑自行车、轮滑等，既可发泄精力又可健身，孩子也可以从学习中获得成就感和正向的自我价值感。现在很多青少年喜欢跳街舞，就是引导能量往正向的方向发展和宣泄的一个好例子。

以有趣的方式引导孩子帮忙做家务，例如把做家务变成一种竞赛或想象成一种游戏，提高孩子参与的兴趣。活动量大的孩子因为随时准备要行动，而且动作很快，所以只要方法得当，他们比起一般活动量适中的孩子要勤快多了，可以常常请他们帮忙跑腿，并给予鼓励。

孩子上学之后，可以请老师让孩子担任小帮手或是班长，在课堂中，可以适当地起来动一动，像是发作业、擦黑板等等，一方面可以让孩子消耗过多的能量，一方面又可以通过帮老师和同学做事，建立正向的自我概念。有智慧的老师，会知道如何调节运用孩子的能量，帮助他们往正向的方向发挥。

4 在孩子逐渐成长懂事的过程中，让孩子了解自己是一个精力充沛的人，要学习为自己安排生活作息的活动内容，将自己的活力作适当的运用和发挥。在行动受限的情况下，要找到方法为自己的能量找出口。

我的孩子是多动症吗？

活动量大的孩子并非就是多动症。注意力缺损多动症（俗称"多动症"）的儿童必须具备下列三个主要的特征：

1. **注意力不集中**：上课不专心容易分心，经常粗心犯错，丢三落四，较难持续完成一件工作。

2. **活动量大**：在座位上常常扭动不安或是离开座位，经常四处奔跑、攀爬，话很多，很难安静地游玩。

3. **容易冲动**：还没听完问题就抢着回答，很难等待轮流，经常打断别人正在进行的活动。

通常在孩子进入小学，开始在结构化的情境中进行团体的学习时，注意力缺损多动症的问题才会明显地被注意到。家长若是担心孩子有此倾向，可以在孩子上小学一年级（或提早在幼儿园大班阶段）带孩子到各大医院的儿童青少年心理卫生门诊进行评估和治疗。目前最有效的治疗模式是药物治疗、行为改变技术和儿童自制能力训练，以及父母、老师对疾病的了解和运用有效的管教策略。

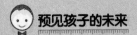

 孩子太安静怎么办?

有些孩子天生不爱活动,喜欢从事静态的活动,到了公园也不喜欢爬上爬下,偏好玩些温和的活动。如果希望孩子不要太安静,可以安排孩子固定学习一项较有兴趣的运动,从运动中激发孩子的成就感,养成其运动的习惯。家里也可以安排固定的亲子运动时间,陪着孩子一起健身,鼓励孩子多做大动作的练习。父母如果能发挥创意,让枯燥的运动变成一种好玩的游戏或是竞赛,就更能激起孩子运动的兴趣了。

孩子喜欢动手,不喜欢动脚,常常会给人动作慢吞吞、懒洋洋的感觉,不要因此而责骂他,孩子可能不是故意要拖拉,实在是因为活动量偏低的因素,所以手脚也比较不利落,要给孩子一些等待的时间。

有部分活动量偏低的孩子,如果加上食量大,又少运动,长期下来可能会过度肥胖,造成孩子健康的问题。在同侪相处中也容易被朋友拿他的肥胖开玩笑,孩子的自我形象和自信心会受到影响。父母除了鼓励他运动,并且节制其食量之外,也要多了解孩子和同侪相处的情形,以及孩子对于别人嘲笑他的感觉和想法,适时地给予心理的建议和安慰。

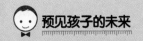
2 规律性

宝贝的生活作息都很正常吗？还是每天肚子饿、想睡觉、想大便的时间都不一定呢？或是常把东西乱丢、桌上东西乱成一团？这就是规律性低的孩子，常让父母掌握不到头绪。

 评估 **孩子** 规律性的小测验

	从不如此	偶尔如此	经常如此	总是如此
1. 孩子每天到了一定时间就会醒过来，到了固定的时间就会想睡觉。	①	②	③	④
2. 孩子每天会在固定的时间喊肚子饿。	①	②	③	④
3. 孩子日常生活的作息有自己的规律性，即使是在假日也不会有太大的变化。	①	②	③	④
4. 孩子每餐的食量大致上差不多。	①	②	③	④

总分10~12分: 规律性偏高
总分13~16分: 规律性相当高

总分

评估 孩子 规律性的小测验

  低

从不如此　偶尔如此　经常如此　总是如此

1. 孩子每天的作息时间都不固定, 有时候早睡, 有时候晚睡, 有时候要睡午觉, 有时候又不需要。　　① ② ③ ④

2. 孩子每天喊肚子饿的时间都不一定。　　① ② ③ ④

3. 到了假日, 孩子的作息时间就很难预测。　　① ② ③ ④

4. 孩子的食量忽大忽小, 每一餐都不太固定。　　① ② ③ ④

总分10~12分: 规律性偏低
总分13~16分: 规律性相当低

总分

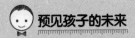 预见孩子的未来

评估 **父母亲** 规律性的小测验

 规 律 性  高

总是如此
经常如此
偶尔如此
从不如此

1. 每天起床的时间及午睡、晚上入睡的时间都大致固定。　① ② ③ ④

2. 每天到了固定时间，就会觉得肚子饿了。　① ② ③ ④

3. 即使到了假日，也会维持和平日差不多一样的作息规律。　① ② ③ ④

4. 生活喜欢有规律、可以掌握的感觉，不喜欢生活作息有太多的变化。　① ② ③ ④

总分10～12分: 规律性偏高
总分13～16分: 规律性相当高

总分

评估 **父母亲** 规律性的小测验

	从不如此	偶尔如此	经常如此	总是如此

1. 每天起床及入睡的时间都不太一样,依当天的状况而定。　　① ② ③ ④

2. 肚子饿就去填饱肚子,不一定要按照三餐的时间进食。　　① ② ③ ④

3. 喜欢随性的生活,对于生活作息的变化能够有弹性地适应。　　① ② ③ ④

4. 到了假日,作息时间就会和平日有很大的不同。　　① ② ③ ④

总分10~12分: 规律性偏低
总分13~16分: 规律性相当低

总分

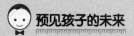
 规律性简介

　　每个孩子都有一个内在的生物时钟，有的孩子这个内在的时钟规律性很高，外在表现出来的行为就是每天在固定的时间肚子饿，固定时间想上床睡觉。父母和他相处一段时间之后，可以很快地掌握属于他的日常作息规律。

　　在孩子出生不久之后，父母通常就可以观察到孩子日常作息的规律性。有些孩子每隔三到四个小时就哇哇大哭一次，爸爸妈妈看着时钟可以准备泡牛奶，而且每次喝的牛奶量都是固定的。每天在固定的时间便便一次，或是一天两次，非常规律。而且很快就可以一觉到天亮，和大人的作息一致。

　　另一类的孩子就比较难搞定，有时候四小时吃一次，吃的量很大，有时候两个小时就肚子饿了，又只吃一点点；有时候晚上一觉到天亮，有时候又在白天睡大觉，半夜精神抖擞，完全无法预测，把新手父母搞得天昏地暗的。

　　长大之后，孩子的规律性会表现在日常生活的作息上，例如每天放学回家后的作息流程大致上都是固定的，每天睡前也会有固定的睡前仪式行为，自己的玩具和用品会摆在固定的地方。再大一点儿会看到孩子喜欢整理抽屉，或是将杂乱的一堆东西整理分类得井井有条。

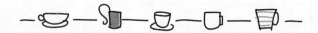

有些孩子却正好相反，内在的生物时钟规律性很低，每天肚子饿、想睡觉、想大便的时间都不一定，父母亲也很难预测。他的内在对于规律和秩序的要求不高，因此比较容易忍受混乱的状况。年纪大一点儿之后，孩子常常把东西乱丢，书桌上的东西堆成一堆。当你要帮他整理时，他还会不高兴，表示他的东西乱中有序，你整理过后害他都找不到东西了。

规律性高低的优缺点

规律性高的孩子让父母容易预测和掌控，知道他的状况和需求；规律性低的孩子就常令父母搞不清楚他的状况，不知道他什么时候饿了或是累了。

但是相对的，规律性高的孩子内在适应环境的弹性就少了一点儿，当生活作息的规律改变时，就不大容易调整自己。例如每天吃完午饭固定要睡午觉的孩子，在幼儿园里可以配合得很好，但到了周末，父母带他出去玩，到了下午，他就非睡个午觉不可。反倒是规律性低的孩子，可以在不同的情境下，有不同的调整，好玩的时候，就可以硬撑着不睡觉，等到适当的时机再睡；对于日常生活中偶尔出现的不规律状况，他们也可以适应得很好，一点儿也不在乎。

像是周末假日，上班族的父母想要享受一下赖床的滋味，如果家里有个规律的小宝贝，他就会依照平日的生理时钟，起个大早，然后跑到爸妈的旁边逗父母起来陪他玩，大人想赖床都不可能。这时候你就会想，如果他规律性低一点儿，大家一起睡到中午，那该多好啊！

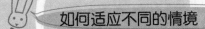

如何适应不同的情境

规律性高的孩子：当生活作息时间有所变动时，要提早提醒孩子，让他有时间做心理的准备和调适。如果孩子对规律的要求太高，缺乏弹性，不要一味地配合他，偶尔也要让他学习适应不规律的外在情境，提高他对环境的适应能力。

规律性低的孩子：对于内在较缺乏规律的孩子，父母要常常准备一些小点心，以备不时之需。父母要在孩子闹情绪时，注意孩子内在的需求，他可能是累了或是饿了。孩子可能不在吃饭时间肚子饿，不在该睡觉的时间想睡觉。可能到了晚上10点父母精疲力竭想休息时，孩子还吵着不想睡，或是告诉你他肚子饿了，让人忍不住火冒三丈。如果孩子的规律性太低造成父母的困扰，也可以用逐步渐进的方式建立孩子的规律性。但是请记得孩子并非故意整你，或是故意跟你作对，他只是有一个不规律的生理节奏罢了。

其实父母的规律性对孩子的作息也是有影响的，如果父母的规律性高，整个家庭会形成一种规律的气氛，孩子也就自然而然会形成较有规律的作息习惯。如果父母自己的规律性

很低，家里也没有一定的作息时间表，每天吃饭和上床睡觉的时间都不一定，那么要孩子建立规律性习惯也会相当困难。

行为管理策略

如何帮助孩子建立早睡早起的习惯

孩子早上起床容易赖床或是动作慢吞吞，就会让赶着上班又要送小孩上学的父母觉得很头痛。

★★★★★★★★★ **建立入睡的习惯** ★★★★★★★★★

首先要排除孩子是不是太晚上床或是入睡，导致睡眠不足。如果是因为习惯晚睡，就要从入睡的习惯着手调整，像是上床时间一到，全家熄灯，形成一种应该入睡的气氛。喜欢听故事入睡的孩子，可以播放故事CD、轻音乐或是学习英语的CD，孩子边听边感受到催眠的效果，自然而然就睡着了。

每个孩子都有属于他自己独特的入睡习惯，父母可以和孩子一起讨论研究。有些孩子睡前会要求听父母讲故事，坚持度高的孩子会在读完一本之后再要求一本，直到父母精疲力竭喊投降为止；因此最好是和孩子约定好每天只讲一两个睡前故事，否则父母越说越起劲儿，孩子越听越兴奋，更不容易睡着。有的孩子睡前习惯喝一杯温牛奶，有的喜欢抱着娃娃或是特定的被子，有的要爸妈帮他抓抓背、抓抓头，有的要和爸妈聊聊今天发生的事情。父母要细心地找出能让孩子情绪平静和培养睡意的关键行为,并且避免会让孩子情绪兴奋的事情发生,例如睡前喝一杯巧克力牛奶或是奶茶。

有些孩子越到晚上想法越多,一些平常有空闲时想不到的事,突然在夜深人静时灵感都来了。他可能在晚上10点突然吵着要完成某个计划,像是自己动手做一个玩具,或是画一幅画,整理某个乱七八糟的抽屉,开始看一本书……父母看他难得那么有兴致,很不忍心泼他冷水,但是如果做下去,肯定又要晚睡。这时父母可以找一个漂亮的小本子,和孩子约定好,晚上10点之后出现的灵感都会帮他用心地记录下来,等到白天适当的时间再来完成。

孩子也可能正在从事"一项伟大的工作",没办法因为睡觉时间到了而罢休。父母可以提前提醒他:"再过20分钟就要上床睡觉了,你得开始准备暂时结束这份工作,明天再继续。"

★★★★★★★★★ 建立起床的习惯 ★★★★★★★★★

早上起床时,正好相反,为了提振精神,最好能播放卡通影片的主题曲,或是好听的儿歌、节奏快的流行音乐或是进行曲,借环境的气氛感染,帮助孩子快速地清醒,并且快速地完成梳洗的工作。妈妈要尽量将生气催赶的气氛转变成愉快欢乐的气氛,把大声地喊叫"起床了!再不起来要迟到了!"改变成亲亲孩子的小脸蛋,摸摸他的小肚子,在他耳边轻声地说:"早晨起床,睡猪起床,再来看猪,猪还在床上。"让孩子在笑容中清醒,这样全家都可以快快乐乐地出门,开始新的一天。

如果孩子有非常固定僵化的生活习惯

如果孩子在日常生活中非常固执于某种生活的规律，很难变通，必须全家人配合他，否则情绪就很难稳定的话，就要考虑孩子可能有其他的问题。例如孩子会坚持每天上学的路径要一致，不能走不同的路；每天睡前，一定要把家里的东西排整齐；每天到了学校一定要有一些固定的仪式行为，例如绕着教室走三圈才能开始上课等状况。当孩子有这些情形出现，并且造成身边的人困扰时，就要怀疑孩子是不是有其他的疾病，最好能带孩子去儿童青少年心理卫生门诊，或是早期疗育的机构作进一步的评估和治疗。

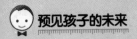
3 趋避性

对新鲜事物总是充满着主动好奇，一副好奇宝宝的样子，对于陌生人也较不畏惧的孩子，属于趋避性偏趋的孩子。相反地，趋避性偏避的孩子则是一副小家碧玉的样子，不敢尝试新的活动。

 评估**孩子**趋避性的小测验

主动好奇 的孩子

	从不如此	偶尔如此	经常如此	总是如此
1. 孩子在面对陌生人的时候，能够大方地谈话和打招呼。	①	②	③	④
2. 孩子对于新鲜的事情充满好奇心，会很勇敢地去尝试。	①	②	③	④
3. 孩子到了陌生环境，很快就能融入，并且自在地与人互动，主动和其他的小朋友玩在一起。	①	②	③	④
4. 孩子在第一次接触新的食物或是玩具时，都会显示出想要尝试看看的好奇。	①	②	③	④

总分10~12分：偏向主动好奇
总分13~16分：相当主动好奇

总分

评估 **孩子** 趋避性的小测验

  害羞退缩 的 孩 子

从不如此　偶尔如此　经常如此　总是如此

1. 孩子见到陌生人时，常常害羞得不知道该如何反应。　① ② ③ ④

2. 孩子进入新环境时，需要一段时间熟悉环境，才能放轻松地融入活动。　① ② ③ ④

3. 孩子在面对从来没有尝试过的食物或是活动时，通常第一个反应是拒绝和逃避。　① ② ③ ④

4. 孩子不太敢尝试新的活动，要看别人做过才敢做，显得较胆小、怯懦。　① ② ③ ④

总分10~12分: 偏向害羞退缩
总分13~16分: 相当害羞退缩

总分

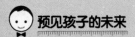

 评估 **父母亲** 趋避性的小测验

  主动好奇 的 大 人

	从不如此	偶尔如此	经常如此	总是如此

1. 我觉得自己胆子很大,很少会感到害怕。　①　②　③　④

2. 我喜欢尝试新鲜的刺激和冒险。　①　②　③　④

3. 和陌生人攀谈,对我来说不是问题。　①　②　③　④

4. 我喜欢生活多一点儿变化,只要是新鲜的事情,都　①　②　③　④
　会引起我的好奇。

总分10~12分: 偏向主动好奇

总分13~16分: 相当主动好奇

总分

评估 **父母亲** 趋避性的小测验

 害羞退缩 的大人

	从不如此	偶尔如此	经常如此	总是如此

1. 我觉得自己是个胆子比较小的人。　　　　　① ② ③ ④

2. 我会尽量避免去从事可能会有危险的活动。　① ② ③ ④

3. 和陌生人接触时,我会比较容易紧张。　　　① ② ③ ④

4. 我习惯于接触熟悉的事物,不太喜欢去尝试些　① ② ③ ④
   没做过的事,例如买一些没喝过的饮料尝尝看
   味道。

总分10~12分: 偏向害羞退缩
总分13~16分: 相当害羞退缩

总分

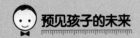

 趋避性简介

孩子在面对新鲜的人和事、物时，第一个出现的反应会随着孩子的气质而有所不同。趋避性偏趋的孩子对所有新鲜的事物都会好奇地想要接触和尝试；对趋避性偏避的孩子而言就正好相反，任何新鲜的人、事、物对他而言都是陌生的，需要观察一段时间才能接受。孩子对于人、事、物的趋避反应不一定完全相同。有些孩子可能面对陌生人的时候比较害羞，对事物则很好奇，勇于尝试；也有些孩子可能不敢尝试新的活动，但是面对新朋友时反倒可以很大方。

孩子呱呱坠地之后，就不得不开始面对一连串新的体验，第一次吃木瓜泥、第一次出门、第一次坐电梯、第一次去公园、第一次看医生……对主动又好奇的孩子而言，这个过程是开心喜悦的；对害羞又退缩的孩子而言，每一次新的体验都是一个威胁和挑战。

 **主动又好奇的孩子**

主动又好奇的孩子通常胆子比较大，遇到新鲜的事就想去凑一脚，看热闹。在孩子第一次上幼儿园或是才艺班时，父母不必担心他会因为害怕分离而哇哇大哭，因为幼儿园里新鲜的玩具已经将他的注意力占满了。通常孩子会很兴奋地冲向玩具，开心地玩起来。反倒是妈妈依依不舍地不知道该不该离开，最

后孩子会很惊讶地发现妈妈还在一旁偷看，然后说："妈妈你怎么还没有走？"

对世界的好奇心可以开阔孩子的眼界并增加孩子学习的机会，但是父母也要提醒孩子好奇可能带来的危险。像是有些孩子看到狗狗吓得退避三舍，有些孩子却是不论什么狗都要过去摸一摸。小孩被狗咬伤的消息时有所闻，家里如果有个好奇宝宝，一定要教会他分辨公园和路上的小狗是否友善，遇到没有摇尾巴、表情凶恶的狗，还是不能靠近。对于陌生人的主动接近也要有所警惕，不要因为好奇，被玩具、糖果吸引，而发生危险。

主动好奇的孩子喜欢尝试和实验，越是被禁止的事，他越想去试试看。所以他们一定会趁父母不注意时，去碰触那些危险的禁区。给父母的建议是，对于那些会引起孩子好奇心，但又必须被禁止的事情，最好能在父母的监控下，带着孩子做一次。一方面满足他的好奇心，另一方面也让他学习什么才是正确的做法，以及如何避免危险。这样做比完全的禁止要来得更好，因为防不胜防，百密一疏，让孩子自己一个人偷偷地去冒险，后果常常较难收拾。

例如，孩子会好奇妈妈的口红和乳液，与其东藏西藏，不如带着孩子一起用一次，孩子会得到莫大的满足，并且知道正确的用法，就不会趁妈妈不在时，把口红当彩色笔，画得不可收拾了。如果孩子对火柴和打火机很好奇，就在爸妈的陪伴下，点一次火，让他知道火的危险。日常生活中要常常告诉孩子，如果想尝试什么新鲜的事情，最好能找爸爸妈妈一起做。

好奇的孩子容易喜新厌旧，所以对于旧的东西，很容易失去兴趣，总是期待些新鲜的刺激。建议父母可以将家里的玩具藏一半起来，隔半年后再拿出来给孩子玩，然后把另一半玩具再藏起来半年。孩子看到半年没见的玩具，会觉得是全新的，又充满了新鲜感。而且由于孩子半年来的成长发展及能力上的进步，会让他用不同的方式玩同样的玩具，赋予玩具新的生命。孩子如果在家里经常抱怨无聊，可以参照第一节的建议，教孩子做一本"完全对抗无聊手册"。

好奇的孩子如果又加上活动量偏高，可能会有很强的"破坏力"。这里的"破坏力"加上引号的原因是因为孩子的行为表面上看起来像是在破坏东西，其实他的本意并不是故意要破坏。

孩子可能因为好奇机械内部的构造，而将家里的电器用品或是玩具拆解开来研究，研究完了却装不回去。孩子也可能不按照玩具的玩法玩玩具，不按照一般的用法使用家用物品，结果把东西弄坏，把事情搞得一团糟。这些看似破坏性的活动，其实是孩子创造力的一种展现，他们想在一般的用法和玩法之外，再创造一点儿新的花样。

这个时候父母的反应就非常具有关键性，如果父母能够鼓励孩子的创造力，提供更多不会造成生活困扰的方法来支持孩子的好奇和创意，例如提供一些坏掉的电器用品给孩子拆解，对孩子的"实验"给予更多的包容，可能一位未来的发明家就这样诞生了。当然，如果父母把孩子的行为当做搞破坏来指责和压制，也可能把一个天才给活活地扼杀了。

害羞退缩的孩子

害羞退缩的孩子在面对第一次的经历时一定会逃避或是犹豫，他们并非不想参与，他们只是比较小心谨慎，想要先观察状况，等自己了解清楚，可以安心之后再行动。两三岁时，有陌生的访客来家里，他会像无尾熊一样抱着妈妈，躲在妈妈的怀里。但是他的害怕并不会让他对所有新鲜的事物都没有兴趣，其实他还是很想接触，只是他选择默默地在一旁观察，用眼睛学习。等过了10分钟到20分钟，观察够了，孩子觉得这个情境是熟悉安全的，就能自在地离开妈妈，开始参与互动和游戏。

这种情形会在孩子的每一次新的经历中重演，他们是需要热身的孩子。当其他的孩子开始参与活动或是把玩新的玩具、尝试新的食物时，他们选择在一旁观察。等到观察够了，放心了，才愿意开始尝试，所以他们总是慢了半拍。甚至有时候，热身太久，准备开始参与时，别人已经要结束活动了，结果就会因没有机会尝试而感到很受打击。因此帮助孩子提早热身，在进入陌生的情境之前提早到场熟悉，预做准备，让他们能和其他的孩子一起开始行动，就变成相当重要的一件工作。

小心谨慎的孩子通常胆子比较小，有的父母会说："我是不是没生胆子给你？"其实孩子不是故意要胆小的，也不是因为小时候被什么东西吓到所以没有安全感；只是害羞退缩的孩子对外在刺激的生理反应通常比好奇的孩子来得强烈，所以同样的事情，对好奇的孩子而言，引不起任何感觉，对害羞退缩的孩子可能是很刺激的，会造成心跳加速、呼吸急促。就像有些人坐云霄飞车、海盗船觉得很过瘾，有些人却觉得快要死掉一样。每个人的天生体质对刺激的反应就是不一样，所以你可以用逐步渐进的方式训练孩子的胆量，但千万不要强迫孩子去做超过他生理机制能够负荷的事情。一个人的心脏有力没力，神经大条或是纤细是天生的，不是后天可以勉强改变的。

给孩子第二次的机会

带着小心谨慎的孩子去接触新的体验时要循序渐进，从微量温和的刺激开始，等孩子适应了，不会害怕了，再逐渐增加刺激的量。例如带孩子去游泳，不要一下子就把他丢在水里，或是用水泼他，要先和他玩。对你而言很好玩的事，对他而言是很恐怖的。如果孩子因为突然面对一个太强烈的刺激而被吓到，可能从此对那个活动退避三舍，家长得花更多时间帮助他克服恐惧，这等于是自找麻烦。所以若知道孩子的气质属于比较小心谨慎的，在带他去从事任何活动时，都应从温和、孩子不会害怕的活动开始，这样孩子才会喜欢上这个活动，而逐渐地愿意接受更刺激的部分。

孩子通常会因为害怕而拒绝参与，不过孩子的第一个拒绝通常并非他的本意，不要因为孩子拒绝就顺着他，认为他不喜欢而从此不再带他从事这项活动。大多数的孩子，在经过观察热身之后，都会渐渐喜欢上各种各样的活动。你可以从他们的表情观察到他们心情的转变。通常一开始表情都是相当警戒的；经过一段时间之后，他感觉安全了，表情就会比较放松，开始有些笑容，这时候表示他已经准备好可以作进一步的尝试了。有时候孩子会拒绝尝试新的食物，没见过的东西都不敢吃。同样地不要轻易相信他的第一个反应，你可以吃给他看，让他看一看、闻一闻，鼓励他吃一点点看看。通常一段时间之后，他观察够了，就会愿意尝试，吃了一口之后，搞不好会非常爱吃呢！

由于小心谨慎的孩子通常需要先观察了解状况，确定安全之后才愿意亲身去体验，所以如果有一个年龄相仿的孩子在一旁勇敢地示范，会非常有帮助。孩子看过别的小朋友做，就知道自己应该怎么做，而且可以预期可能的后果，就比较愿意模仿别的孩子去尝试看看。所以，如果能跟着有经验的哥哥姐姐或是同伴一起去体验，那就太幸福了！

当孩子可以用自己的速度去面对新的事物，而不是被丢在

如何帮助孩子面对他的"第一次"

1 在孩子进入幼儿园或是小学等新环境之前，常常带他去那个环境走走或是玩耍，培养对环境的好感和亲切感，等到正式开学时，那个环境就不会是一个"新的"环境，自然也就不会有压力了。

2 每次当孩子面对新的挑战而选择退缩时，不要指责或是取笑他，或是跟他说："不要怕，有什么好怕的，他会吃掉你吗？"你可以抱着他，并且帮他把心里的感觉说出来："新的环境很陌生，让你有点儿害怕，对不对？"让孩子知道你可以体会他的感受，并且接纳他的情绪。你也可以告诉他，自己小时候，遇到这种情况也会害羞，让他知道别人也会有这种感觉。

3 然后帮助他建立一套属于自己的面对压力的应对方法。你可以告诉他："没关系，先在旁边看一看，看看别人怎么做。等你准备好了，做个深呼吸，让自己放轻松，再加入。"鼓励他从观察别人的行为来学习如何自处，并且减轻他的焦虑。

你也可以提醒孩子他自己过去的成功经验，让他对自己更有信心："上次你去参加某某课程，一开始也是很害羞，后来不是也交到很多好朋友？"

 容许孩子自己决定何时开始踏出第一步。当孩子的情绪得到适当的安抚，不再那么紧张焦虑时，他就不会再将能量耗费在情绪上，而有更多的注意力可以去应付环境的要求。

一个陌生的环境里时，他自然可以从容自在地面对，也就能带来好的成功经验。在几次练习之后，孩子自然能体会到其实面对新的事物并不可怕，只要用正确的策略自己都可以应付。然后，面对新事物时的热身时间就会越来越短，到最后甚至会跟其他的孩子一起开始进行活动，一点儿也看不出来他内在对陌生情境的犹豫和害怕。

此外，多带孩子去公园、商店与朋友或陌生人互动，增加他面对新体验的练习机会。同时家长也在无形中做了许多正确的示范，孩子在观察学习中，也逐渐能学会应对的方法。在经过多次的练习，累积了许多正向的经验之后，孩子对于陌生情境的恐惧和担心就会大幅度下降。

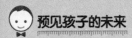

情绪调节策略

 逐步渐进地克服恐惧

如果孩子因为非常胆小害怕,而无法发展出某些重要的能力,像是不敢上台说话,或是不敢下水游泳,家长可以用逐步渐进的技巧,帮助孩子克服恐惧。

1. **确定孩子的问题是不是一个需要调整的行为**:这要看孩子害怕的事情会不会影响到他的生活适应度。例如很多人怕蛇,但是都市生活中不容易遇到蛇,所以不见得需要特别的处理和训练。有些人看到蟑螂就吓得惊声尖叫,可是蟑螂只在少数地方出没,不见得会造成生活上的困扰,就不一定非要训练到不怕蟑螂不可。不过如果孩子因为太害羞而不敢上台讲话,或是因为怕闷水而不敢下水学游泳,就可能会影响到他的学习和适应,父母可以考虑用逐步渐进的训练方法来帮助他。

2. **制定目标**:确定了需要调整的行为之后,就要制定目标。这个目标可以是"学会游泳15米"或是"能站在众人面前说故事"等具体的行为目标。

3. **评估孩子目前的状况**:孩子目前的状况可能距离目标非常遥远,不过至少是一个起点。家长可以测试看看孩子目前能做到的大约在什么程度。

4. **将目标拆解成小步骤,逐步渐进,往目标迈进**:从孩子目前能做的事情开始练习,逐步渐进,慢慢增加难度,往目标行为接近。例如不敢在众人面前说故事的孩子,要先练习跟妈妈说故事,然后在家人面前说故事,再练习在老师面前说故事,在好朋友面前说故事,最后才能在几个人面前说故事。不敢下水的孩子,先练习在家里的浴室用莲蓬头冲水,用小脸盆闷水,再进一步到小型的泳池中尝试憋气,逐步适应水中的感觉,最后才能下水学游泳。

5.**每前进一步,都要大力地鼓励孩子**:孩子学习的过程可能很漫长,但一定要为他的努力喝彩。让他看到自己的进步,他才会有信心继续努力下去。

6.**教导孩子放松的技巧**:在进步的过程中,孩子面对的挑战越来越难,当他感到紧张害怕时,可以教孩子用深呼吸的方式来稳定情绪。

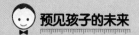

4 适应度

孩子在面对外在环境或生活的变动时，若能将自己配合外界的能力调整得很好，代表孩子的适应度高；反之，适应度较低的孩子，当环境改变或事情不如他预料的情况时，往往很难调整自己。

 评估 **孩子** 适应度的小测验

	从不如此	偶尔如此	经常如此	总是如此
1. 孩子离开家、换环境时，能够很快地适应，不会闹情绪。	①	②	③	④
2. 当事情的发生与孩子原先的期待不同时，他可以很快地转换心情，适应新的计划。	①	②	③	④
3. 在和友伴相处时，如果和别人意见相左，很容易就接受别人的意见。	①	②	③	④
4. 正在做的活动被要求停止时，可以很顺利地从上一个活动转换到下一个活动。	①	②	③	④

总分10~12分：适应度偏高
总分13~16分：适应度相当高

总分

评估 **孩子** 适应度的小测验

	从不如此	偶尔如此	经常如此	总是如此

1. 原定计划因故有所变动时, 孩子会表示抗议。　　① ② ③ ④

2. 正在做的活动突然被要求停止时会很难接受。　　① ② ③ ④

3. 和同伴相处时, 不容易接受和自己不同的游戏规则与玩法。　　① ② ③ ④

4. 生活中如果出现突然取消出游或朋友搬家等突发性的改变时, 会有情绪的反常。　　① ② ③ ④

总分10～12分: 适应度偏低
总分13～16分: 适应度相当低

总分

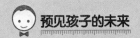

预见孩子的未来

评估 **父母亲** 适应度的小测验

<table>
<tr><td></td><td>从不如此</td><td>偶尔如此</td><td>经常如此</td><td>总是如此</td></tr>
</table>

1. 外出旅行时，很容易就适应不同的环境。　　　　　① ② ③ ④

2. 当事情的发生与原先的计划和预期不同时，可以　① ② ③ ④
　　很快地调整自己去配合改变。

3. 很容易就融入新的工作环境，不会格格不入。　　① ② ③ ④

4. 在团体中有不同的意见时，可以很快地了解状况，并　① ② ③ ④
　　达成妥协。

总分10~12分：适应度偏高
总分13~16分：适应度相当高

总分

评估 **父母亲** 适应度的小测验

	从不如此	偶尔如此	经常如此	总是如此

1. 生活环境改变时, 需要一段时间才能适应。　①②③④

2. 当事情的发生与原先心里的预期不同时, 常会感到很难接受。　①②③④

3. 到了新的工作环境或是加入新的团体, 通常需要一段时间的适应期。　①②③④

4. 在团体中不容易顺从众人的意见, 不容易受影响, 有自己的主见。　①②③④

总分10~12分: 适应度偏低
总分13~16分: 适应度相当低

总分

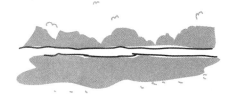

57

适应度简介

一群小朋友在公园一起玩鬼抓人的游戏，跑来跑去，嘻嘻哈哈笑得好开心。妈妈们在旁边闲话家常，聊着妈妈经。

过了一段时间，聊天差不多告一段落了："宝贝，要回家了！""走了，妈妈要回家煮饭了！"几个妈妈大声喊着孩子回家。

这时候，有的小朋友开心地说："好！"快速跑向妈妈；有的小朋友却涨红了脸，大声吼叫："为什么？"一点儿也没有要离开的意思。

每个人每天都在面对转变，大的转变像是搬家、转学，或是出去旅游；小的转变像是停止游戏准备回家，在幼儿园里每一节课的转换，原本说好要出去却临时取消，本来说好要吃水饺却煮了一碗面来吃等。

孩子在面对环境或是生活变动时调整自己去配合外界的能力各不相同。有些孩子适应度较高，当环境或是生活的作息突然改变时，孩子可以像变色龙一样，很快地调整自己的内在状况，去配合外在环境的要求。相反，适应度较低的孩子，当环境改变或是事情不如他原本的预期发生时，往往很难调适自

己，会很生气地抱怨，需要花费比别的孩子更多的时间和能量才能适应和配合新的转变。

适应度越高越好吗?

适应度高的孩子让父母在教养上感觉比较轻松，不管外在环境如何改变，他总是能很快地让自己随着它转变，没有任何的冲突和不满。但是这样的适应力有时也会带来不好的结果。如果环境不良时，适应度高的孩子也会很快地融入并且被环境同化。所以在孩子成长过程中，要特别注意他的同侪和环境的影响，尤其到了青少年阶段，孩子和朋友在一起的时间比家人还要多，如果交了坏朋友，要不受偏差的价值观影响也很难。

如何帮助适应度低的孩子渡过难关?

适应度低的孩子在面对生活变动时常常很难接受，因为他们习惯在心里建立一个对未来的预期，如果外在环境突然变化，或是不如他的预期，他们会需要一段时间来调整心里的图像，才能接受改变。例如，孩子原本在幼儿园里画画，突然妈妈来接他回家，适应度低的孩子就很难接受这样突然的改变，因为和他原本的心理准备不同。妈妈可以给孩子 10 分钟的时间做心像的转换，5 分钟时再提醒一次，这样孩子就有比较充裕的时间调整自己，去适应这个转变的过程。

　　每一件事情的开始和结束是关键时刻，适应度高的孩子可以顺利地滑过这些关键时刻，甚至没有注意到有一个转变存在，自然地从一件事滑进下一件事。适应度低的孩子则会凸显出每一件事情的开始和结束，他总是会在这些关键时刻大声抱怨，因为要跨越这些转变对他而言太困难了。所以，在事情临时发生变化时，事先和孩子谈一谈，给他心理上调适和准备的时间。平常也可以用角色扮演的方式，预演事情不如预期时可以如何反应，学习面对生活中随时可能会出现的变化，并克服失望的情绪。

情绪调节策略

 如何帮助孩子适应转变

1. 在日常生活中建立可预期的生活规律。有规律可以增加孩子的控制感,他可以有心理准备,预期下一个活动是什么。

2. 减少生活中的改变,尽量让日常生活维持规律性。孩子不喜欢意外,出乎意料的事情会让他心烦意乱。

3. 要开始一件事前,事先预告,详尽告诉孩子可能会出现的情况,预做准备。适应度低的孩子喜欢事先知道接下来他会面临的事情和处境。所以他常常会问:"等一下要去哪里? 那里有什么东西? 我们可以玩多久?"请耐心地向他解释,不要对他的问题感到厌烦。事先得到充分的讯息,才能增加他的安全感,让他对未来预做准备。

4. 要结束一件事前,提早告知,让他们有时间准备结束,而不是突然改变,令孩子觉得措手不及。例如孩子玩得正高兴时,不要突然说:"回家了,就是现在。"孩子会很难调适。最好能提早10分钟告诉孩子:"再过10分钟就要走了,要准备收拾玩具了。"让孩子有时间做结束的心理准备。试着想想看,当你正在看喜欢的电视剧或是报纸杂志上有趣的文章时,有个人走过来,突然把电视关掉,把杂志拿走,跟你说:"去吃饭了!"或是"去睡觉了!",那种滋味一定很难让人接受。孩子们正在做的事在你看来可能没什么大不了的,不过是在玩罢了,可是对孩子来说玩乐就是最重要的事,他们也需要时间慢慢结束正在做的事情,转变心情,才

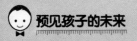

能顺利地进入下一个活动。

5. 帮助他们克服失望的情绪。孩子不喜欢意外状况，当事情不如
预期时，他们的失望感比一般人更强烈。本来说好要去公园，突
然下雨不能去；本来说好要去看电影，到了电影院才发现票卖完
了，这些情况都会让孩子抓狂。所以要先预设可能发生的情况，
想出可能的解决方法。平常可以经常和孩子玩"假如发生什么
事，你该怎么办？"的扮演游戏，模拟生活中可能出现的变动，让
孩子演出当事情发生时的感觉和想法，并且想出解决问题的方
法。以后当事情真正发生时，孩子已经有了心理准备，比较不会
被情绪淹没，会知道自己该怎么面对。孩子会逐渐培养变通和解
决问题的能力，觉得虽然有了突发状况，但一切都是在自己的控
制之中。

6. 不过，即使有了事前的练习，当事情真正发生时，孩子失望的情
绪还是有可能会发生，要给孩子发泄的机会，让孩子稍稍发泄之
后再提醒他之前玩过的游戏，以及学会的处理方法。

7. 对孩子的努力给予鼓励，当孩子顺利地克服转变和失望带来的情
绪时，一定要大大地称赞他的进步。

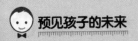
5 反应强度

说话总是很大声，开心时也总是笑到要在地上打滚，生气时则仿佛火山爆发一样一发不可收拾，这就是反应强度强的孩子；反之，反应强度弱的孩子，你较不容易发现他的喜怒哀乐，因为他的表情都是淡淡的。

 评估 **孩子** 反应强度的小测验

 **强**

	从不如此	偶尔如此	经常如此	总是如此
1. 开心的时候笑得很大声，生气伤心的时候也会大吼大叫或是哭得很大声。	①	②	③	④
2. 谈到令他兴奋的事情会忍不住大声说话，反应强烈，让人很容易注意到他。	①	②	③	④
3. 需要没被满足，或是身体不舒服时，会吵得大家都知道。	①	②	③	④
4. 喜怒哀乐都表达得明显而清楚。	①	②	③	④

总分10～12分：反应强度偏强
总分13～16分：反应强度相当强

总分

评估 **孩子** 反应强度的小测验

	从不如此	偶尔如此	经常如此	总是如此

1. 心情不好或是遇到困难时, 孩子只会轻声抱怨, 不会大吼大叫。 ① ② ③ ④

2. 孩子的情绪反应通常很温和, 不会有明显的喜怒哀乐。 ① ② ③ ④

3. 别的小朋友抢走他的玩具时, 他虽然不高兴, 但也没有什么反应。 ① ② ③ ④

4. 说话声音小而轻柔, 不习惯大声说话。 ① ② ③ ④

总分10~12分: 反应强度偏弱
总分13~16分: 反应强度相当弱

总分

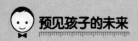

评估 **父母亲** 反应强度的小测验

 **强**

	总是如此	经常如此	偶尔如此	从不如此

1. 开心时笑声豪迈,生气时反应强烈,情绪很容易感染周遭的人。　① ② ③ ④

2. 兴奋或生气时,说话都会不自觉地越来越大声。　① ② ③ ④

3. 遇到不公平或是不能接受的事情,会有明显的情绪反应。　① ② ③ ④

4. 心里的感觉藏不住,很容易就会让身边的人知道。　① ② ③ ④

总分10~12分: 反应强度偏强
总分13~16分: 反应强度相当强

总分

评估 **父母亲** 反应强度的小测验

	从不如此	偶尔如此	经常如此	总是如此

1. 高兴时只会微笑, 生气难过时也容易闷在心里, 不太会表达出来。　　① ② ③ ④

2. 说话声音小, 表达方式温和。　　① ② ③ ④

3. 遇到挫折或不如意, 通常不太会表现出来。　　① ② ③ ④

4. 别人不太容易从外表看出你内心的喜怒哀乐。　　① ② ③ ④

总分10~12分: 反应强度偏弱
总分13~16分: 反应强度相当弱

总分

反应强度简介

反应强度强的孩子说话大声，开心的时候笑到在地上打滚；生气的时候，像火山爆发，哭起来尤其震耳欲聋，逼得人很想赶快脱离现场。走在路上摔了一跤，哭声大到让你误以为他骨折了；感冒生病时，也会哇哇大叫，吵得全家人都知道他不舒服，他的喜怒哀乐你不得不注意到。反应强度弱的孩子正好相反，外人很难察觉他的心情，因为不论高兴或是难过，他的表达都是淡淡的，很微弱。即使是生病、身体不舒服也只是安静地自己承受，常常会被父母忽略。

情绪的种类：分辨真正的情绪与操弄的情绪

孩子的情绪表达常常让家长不知道该如何反应。首先，家长要能区辨孩子的情绪是真正的情绪，还是操弄性的情绪。孩子的哭闹是在语言发展之前最重要的表达方式，他会用哭泣来表达生理或是心理上的不舒服，也会用哭闹来吸引大人去注意到他的需求。但是有些状况下，孩子的哭闹不只是代表他内在的不快乐，还带有操弄别人的目的，他会企图借哭闹的方式来胁迫大人妥协，这时候的情绪就是操弄的情绪。

真正的情绪：用同理心

在面对孩子真正的情绪反应时，要用同理心去反应，也就是将孩子内在真正的情绪感受用适切的语言表达出来。这样的反应，一方面可以让孩子学会用正确的情绪语汇标示自己内在的感受，另一方面也会让他们深刻地感受到被接纳和被了解，情绪可以得到宣泄，身体也才可以放松。例如孩子换牙齿，不敢讲话，怕别人会笑，或是晚上怕黑不敢起来上厕所，在这些情况下，孩子的情绪需要被了解和同理。家长可以抱抱孩子说："我知道你会担心被同学笑，因为牙齿掉了，如果是我，我也会。"孩子就会觉得自己的情绪是被接受和了解的，等孩子安下心之后，才会有能量和父母一起讨论可行的解决方法。如果家长一开始就先否定孩子的感受，说："别人笑又不会怎样，有什么好怕的。"孩子的情绪得不到支持和舒缓，就不会有多余的能量来学习解决问题的方法了。

你也可以从气质的角度思考孩子情绪背后的原因，可能是活力充沛的孩子被限制太久了，也可能是规律性高的孩子无法适应变动太大的生活，可能是退缩害羞的孩子被吓到了，也可能是敏感度高的孩子接受的刺激过多，或坚持度高的孩子一直没办法达到目的。若能找出情绪背后的原因，就可帮助孩子调整环境，避免负向的情绪出现。同时也要帮助孩子了解自己的气质，辨识自己的需要，设计出适合自己处理情绪和解决问题的方法。

情绪反应强的孩子，经常会在傍晚的时段出现情绪失控的情形；因为孩子在学校里为了配合外在的要求和作息，已经用尽了所有的适应能量，看到父母之后，有很多情绪要宣泄。有些孩子会在幼儿园下课后，冲着父母找麻烦，故意找机会发一顿脾气。这时候最好不要再安排什么耗费精神的活动，因为孩子已经累了，而且情绪也已经泛滥了。晚上的时光，最好能规律、轻松地度过。

 ## 操弄的情绪：一致的原则，温和而坚定的态度

在面对操弄性的情绪时，家长则要学习不为所动，坚持原则，否则会受制于孩子的情绪，被孩子带着走，更糟糕的是，默许了孩子用情绪操弄别人的行为，它将会变成孩子的一种习惯性的伎俩。当孩子试图操弄父母时，最好的态度是温和而坚定，不用生气也不必大吼大叫，态度可以维持温和，但是表情是坚定的。

经常可以看到学龄前的孩子，在早上和妈妈分开时，试图用哭泣的方式挽留妈妈。如果妈妈因此而不忍心，留下来安抚他，或是露出犹豫不舍的表情，都会促使孩子继续用哭闹来操控父母。所以，在这种情况下，妈妈要坚持自己的原则，让孩子清楚知道没有商量的余地。孩子在哭闹几次之后，就自然学会不要再白花力气了。带孩子去商店和百货公司，也会遇到相同的问题。孩子会用哭闹的方式，企图左右父母的决定，吵着要买他想要的玩具，父母常常因为怕在公共场所丢脸，而顺应了孩子的要求，同时也助长孩子使用这个策略的行为。当孩子在公

共场所大闹时，首先要排除是不是有可能是因为他已经太累了，或是环境的刺激太强，已经超出他的情绪负荷。此时，最好的方法，是将孩子带到比较安静、人群较少、不会被别人注意的地方，让孩子的情绪先安定下来，考虑孩子是不是有生理的需求，例如想睡觉、肚子饿、想上厕所、口渴要喝水、太热或是太冷……孩子在感受到这些身体上的不舒服时，不见得都能够清楚地表达他的需要，常常会用闹脾气的方式发泄情绪。明智的家长不会在这个时候打骂孩子，而是能找出真正的原因，并协助孩子解决生理上的需求，他们的情绪就会很快地平静下来。如果孩子的情绪并不是因为生理需求不被满足所造成时，爸爸妈妈就要坚持立场，重述原则，告诉孩子大哭大闹是没有用的。

如何面对强烈的情绪反应

孩子强烈的情绪反应经常会激起父母的情绪反应，在面对大哭大闹的孩子时，仍能维持心平气和是需要父母修炼的功课。父母平静的情绪，有助于孩子稳定自己。孩子在情绪之下，往往已经丧失内在的自我控制能力，这时外在的力量就相对重要。如果父母被强烈的情绪和噪音激怒，也出现情绪反应，和孩子之间会彼此影响，让情绪一直升温，到最后则以严厉的责打作为结束，这不是一个好的处理方式。平常可以教导孩子学习用正常的语言表达来和父母沟通他的想法和感受，告诉孩子降低音量，不要用哭泣的声音，要用语言表达代替哭闹。当孩子做到时，家长就要立即反应，给予强化。孩子逐渐会明白不必用激烈的方式，父母就可以听得到而有所回应，并不是因为他的大声哭闹父母就会妥协。

情绪调节策略

如何处理孩子的情绪失控

　　孩子的情绪爆发是有一个过程的，大部分的孩子都不会突然暴怒，如果你的孩子经常会大发脾气，父母可能要学会辨别孩子暴怒前的征兆。通常一开始孩子只是有些小小的不愉快，带着这个不愉快的情绪，再面对接下来的事情，就容易感到挫折。如果不好的情绪一直没有被注意或是处理，持续不断地累积之后，最后总是会到达情绪负荷的临界点，孩子的情绪就爆发了，没有办法再控制自己。

★★★★★★★★★★★ 处理方法 ★★★★★★★★★★★

1. 避免让孩子情绪失控的情形出现：当孩子开始出现情绪征兆时就要及早介入处理，协助孩子调整转换情绪。就像是闻到烟味一样地警觉，不能等到失火时才去灭火，那样就太慢了。一些常见的征兆有：玩疯了，音量变大，变得很烦躁、霸道，会去指挥别人。此时，如果家长的介入方式是指责和生气，就像是火上加油，往往会让孩子的情绪更糟，更容易进入失控的状况。如果孩子每次参加聚会，最后都是大哭大闹收场，就要考虑，是不是孩子所承受的刺激量超出他所能负荷的。下次，最好能提早离开，不要让孩子的情绪到达临界点，失控之后才离开。

2. 如果孩子的情绪已经失控，孩子通常会无理取闹，用不同的理由来激怒你。这时候,父母必须能够保持情绪的稳定,告诉自己孩子现在很困难,已经不知道自己在做什么了,不要对他生气或是指责。你可以告诉孩子:"妈妈知道你现在很生气,你可以生气但是不能伤害别人或是东西。你要妈妈陪你,还是你自己可以平静?"有些孩子在气头上不喜欢别人靠近他,如果孩子同意,你可以拥抱、安抚他。给孩子一段时间,让他平复情绪。

3. 如果孩子经过10分钟至15分钟都没有平静,父母可以温和而坚定地告诉他:"停止,你已经失去控制了,现在该停了。"带着他深呼吸,让他喝点儿水,给他一个台阶下。等他平静之后,可以给他吃点儿东西,鼓励他在试图让自己平静下来的部分做得很好。

4. 在孩子平静下来可以思考时,和他讨论生气的原因,还有以后面对同样的问题该如何处理的方法。

5. 在平常的时候,可以和孩子订下发脾气的规定,让孩子知道每个人都会生气,生气是可以被接受的情绪,但是生气的人并非可以为所欲为。生气时,不可以打人、踢人,或是吐口水、摔东西,不可以伤害别人或是自己。可以和孩子讨论可被接受的发泄方式,像是捶枕头或是拿娃娃出气,或是画图、撕纸等。如果违反规定要接受约定好的处罚。如果孩子在生气时行为失控,家长用口头制止无效时,就可以用力地抱住他,直到他平静才松手。

6. 随着孩子语言能力的发展,家长可以指导孩子用语言的方式来表达自己的情绪和怒气,而不是用哭闹或是肢体的动作来表达。你可以告诉孩子,心情不好时可以说"我心情很不好"、"我很生气"、"我快要爆炸了,不要靠近我"、"我心里好烦,我想离开一下"。

孩子渐渐长大，可以和他讨论如何在自己快要生气时，用一些有效的方法平静自己。

1 首先教孩子学会觉察自己的情绪状况，在自己快要暴怒时，身体会说话，身体会告诉自己火药快要点燃了。你可以问孩子，生气时会有哪些感觉。孩子会告诉你："肚子热热的"、"喉咙干干的"、"手一直想握拳头"、"呼吸变快了"、"头脑胀胀的"……不管孩子说了什么，都是对的，代表他已经觉察到自己生气时的讯号了。如果孩子告诉你"不知道"，就引导他去思考和感觉。

2 告诉孩子，当他发现这个讯号出现时，是非常重要的时刻，他必须在这个重要的时刻有所行动。因为他现在负有一个非常重要的任务，他必须做出一些"正确的动作"，来拆解掉一颗即将爆炸的定时炸弹。

3 父母可以和孩子讨论什么是"正确的动作"。它可以是立刻离开现场，到旁边去散步走一走；也可以是走出去喝一杯水；可以是在心里从1数到20，想象自己在吹气球，吹20下，把气球吹大；或是找一张纸把自己心里的话写下来或是画下来，再把它撕掉。爸爸妈妈可以发挥创意和孩子一起开动脑筋，找出最喜欢的方法。

4 当孩子的身体恢复放松的状态，情绪恢复平静时，就表示这一次的任务成功了。

5 要成为拆解炸弹的防爆专家可不是件容易的事情，需要一次又一次的练习。一开始可能不容易做到，一不小心，炸弹就爆炸了。但是随着练习，成功的机会就会越来越高，到最后，孩子一定能成为一位最厉害的防爆专家。

 6 在孩子每一次成功地控制即将爆发的愤怒之后，向他表达你的赞许，告诉他，爸爸妈妈很佩服他，以他为荣。并且要好好地访问这位防爆专家是如何完成这项任务的。孩子对过程的重述，有助于加深他的印象，下一次可以做得更好。

情绪调节策略

💡 给父母的情绪管理小处方

不论你是一个多么好的父母，有些时候总是会忍不住对孩子生气。其实父母也是人，每天要面对的问题和压力相当多，会生气是很自然而且符合人性的反应。在和孩子相处的过程中，要时时维持良好的情绪状态是很不容易的事情，孩子的调皮和反抗总是有办法把父母搞得火冒三丈。

不过生气并不是一个健康的反应，不只会影响亲子关系，对于问题的解决也没有帮助。

父母要如何做好自己的情绪管理呢？以下是几个有用的建议。

1. **觉察自己的情绪状态**：一个人一定要先知道自己的情绪快要失控了，才有机会可以控制情绪。所以想想看每天你最容易对孩子生气的时段是什么时候？以下提供几种可能会情绪失控的情况作为参考。父母一定要找出属于自己的关键时刻，才能适时地提醒自己。

(1) 有一句话说"10点之后，妈妈就会变成巫婆"，相信很多家长能够感同身受。每天晚上10点之后，妈妈也累了，一天的耐心也被磨完了。这时候孩子如果不识相，还吵着不睡觉，就会看到原本还能笑脸迎人的妈妈突然变得很凶恶，再不听话，可能就会被修理。

(2) 家长自己身体不舒服的时候，像是感冒、头痛时，火气特别大，也容易没有耐心。

(3) 上班遇到不愉快的事情，大部分的家长都会利用回家路上的空隙转换心情，把不愉快的事情全都抛开。但有时候问题很困扰，回到家仍在烦恼工作的事，孩子若是不会察颜观色赶快避开，很容易就会变成出气筒。

(4) 夫妻吵架的时候，小孩也容易被迁怒。大人的很多怒气无处可发，只能对着手无寸铁的小孩发泄，孩子常常就莫名其妙被修理一顿，真是无辜。

(5) 老师对家长抱怨孩子在学校的行为问题后，家长在面对老师时的羞愧情绪，回到家里马上转成对孩子的愤怒。

2. 告诉孩子自己的情绪状况，让孩子有心理准备：你可以直接告诉孩子："妈妈今天压力很大，身体不舒服，心情很不好。"体贴的孩子会变得特别懂事，反过来照顾妈妈，表现得特别乖巧听话，也给妈妈一些休息的空间。

3. 警告孩子: 不体贴的孩子则只好用警告, 你可以说:"妈妈今天状况不好, 如果惹我生气, 我可能会拿棍子修理你。" 或是:"已经10点了, 妈妈快要变成巫婆了。" 精明的孩子听懂了这个警告, 就会尽量不再惹麻烦。

4. 发怒时不要处罚孩子: 当你很愤怒时, 不要碰你的孩子。生气时肾上腺素的分泌增加, 会让人失去理智而且会让人力量增强。这种情况下很容易出手太重, 对孩子造成严重的伤害。因此一定要在冷静的情况下管教孩子。

5. 生气时, 不要说太多话: 尖酸刻薄的责备对孩子造成的伤害不比体罚来得轻。有些比较敏感的孩子, 可能会因为父母的一句气话而耿耿于怀, 伤害了亲子关系。

6. 暂时离开, 让自己的情绪缓和, 再处理孩子的问题: 最好能暂时离开现场, 不要再和孩子互动。去喝杯水或是散个步, 等平静了再回来处理。

7. 忽略孩子的言行, 注意到他内在的需要: 当孩子顶嘴、摆臭脸, 做出一些行为来激怒我们时, 我们的心里就开始出现一些反应。在孩子的尖叫声中, 我们会觉得他们是故意在攻击我们, 故意要伤害我们, 于是我们就开始火冒三丈。只有当我们学会去"听见"孩子内在的需要, 而非只是注意到他行为表面的攻击性时, 才能够将能量用在寻找正向的解决方法, 而不是用在生气或防卫的反应上。孩子真正的需要可能只是累了或饿了, 或是想要得到你的注意和安慰; 孩子真正攻击的对象其实不是父母, 是他自己内心的不平衡。

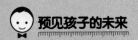
8.**减轻你的生活压力**：当你觉得生活压力太大时，要立刻照顾自己
的需要，用减少工作量、安排休假、放松练习或是听音乐、运动来
放松自己。

父母的愤怒情绪，虽然是可以理解的，但对彼此都没有正向的
好处。愤怒只会增加你的压力并且使你得心血管疾病的几率增加而
已。试着回忆一下，当你震怒时，是不是觉得整个头快要爆掉，血压
升高，好像快要中风了一样。世界上没有什么事情那么大不了，值得
你这样牺牲自己的身体健康，折磨自己。

而且，孩子在这个过程中，不论在情绪上或身体上都可能受到
伤害，愤怒本身也没有办法解决原先的问题。

所以，减少愤怒的出现不是一件容易的事，但它绝对值得你
努力。

 ## 如何了解反应强度太弱的小孩

反应强度弱的孩子很少会主动表达自己的需要，即使是表
达了，声音小而微弱，容易被人忽略它的重要性。所以家长要
提醒自己，认真看待孩子的表达和抱怨。有些孩子表面上看起
来很平静，习惯将情绪压抑在心里，久而久之，情绪的问题还
是会以不同的方式爆发出来。所以平时就要教会孩子表达自己
的想法和感觉，学习自我肯定。

社交技巧

自我肯定的表达

　　反应强度强的孩子经常用夸大的方式表达自己的情绪,引起别人的注意。反应强度弱的孩子则常常不善于表达,使得别人不知道他的感受和想法,以致忽视了他的需求。孩子表面上看起来好像没事,其实心里常觉得委屈。如果孩子常常因为不善表达而不会维护自己的权益,父母亲就要在日常生活中用角色扮演的方式,训练孩子自我肯定的能力。

　　自我肯定的表达需要通过示范和练习才能学得会,光说不练是不行的。家长可以把孩子日常生活中经常会遇到的情境模拟演出来,并且示范自我肯定的表达方式,让孩子模仿学习,在多次练习之后,孩子下次遇到类似的情境就可以自在地表达出来。

情境一 当别人拿走你的玩具时,你要走过去对他说:"对不起,这个玩具是我的(我先拿到的),请你还给我。"

情境二 当别人插队的时候,你要说:"请你不要插队,是我先排的。"

情境三 当别人对待你的方式让你不舒服时,你要说:"我不喜欢你这样弄我,我很不舒服。"

情境四 当你在堆积木或画图时,不喜欢被别人打扰,你要学会说:"你可不可以不要看我画图,我不习惯别人看我。"

情境五 当你想要向同学借胶水时,你要说:"你现在需要用胶水吗?可不可以借我用一下?"

自我肯定的基本理念是我们不但要尊重别人也要尊重自己,当自己的权益受损或是被别人欺负时,要能够保护自己,将自己的感觉和想法表达出来,让别人知道,也争取和维护自己的权益。这样做不但不会破坏你的人际关系,反而能让别人清楚你的状况,更容易与你相处。

对于不习惯自我肯定的人来说,要他为了自己的权益进行表达是相当困难的。所以家长要指导孩子说话的内容,练习语气和表情,温和而坚定但不带有攻击性是很重要的原则。孩子需要重复练习好几次,才能把这种行为变成自己的习惯性反应。

父母可以利用平常接孩子回家的路上、出游的路上、睡前等零碎的时间多和孩子聊聊天。父母要先示范,可以谈谈自己在生活中遇到、听到的故事和自己的感想,鼓励孩子也说说他生活中发生的快乐的和不快乐的事情。父母可以和孩子轮流讲一件快乐的事,再讲一件不快乐的事,这样做孩子比较不会觉得父母在刺探他的秘密而有戒心。父母也可以在和孩子分享经验时,谈谈自己小时候遇到类似问题时的童年经验。大部分的孩子都很喜欢听父母谈他们自己小时候的事情,因为他们很难想象原来父母也有小时候。孩子的表达能力常常是在和父母的谈心过程中培养的,父母也可以借由这样的过程进行生活中的机会教育,用轻松愉快的方式和孩子讨论正确的价值观,以及为人处事的原则和问题解决的策略。

如果孩子不喜欢说话，只是用点头或摇头来反应，或是习惯用手势来传达信息，父母不要顺他的意去猜测，可以跟他说："我不懂你的意思，你要说出来。"孩子如果不善于表达，说不清楚，家长就要示范精简正确的句子，让孩子模仿练习，久而久之，孩子练习多了，表达能力就会进步。

有些孩子表达少的原因是因为心理抗拒，不愿意说，因为每次说出来都没有好下场。这种情况下父母就要反省一下，每次当孩子向你表达时，你都是怎么反应的？是不是立刻就否定他的想法，给他打击，或是习惯性地说教？听久了，孩子就会发现什么事都不要告诉爸妈才是最好的策略。

有些孩子表达少的原因是因为他的脑袋里本来就空空的，不知道要说些什么。如果是这样的话，父母就要常常跟他讲故事或是聊天讲话，特别是增加表达情绪或想法的语汇，告诉他什么感觉可以怎么说，孩子如果说出了点儿什么，就要指出来给予称赞。如果孩子说话太小声，可能是怕自己讲得不好，或是讲错，父母可以鼓励他大声一点儿，孩子如果有进步，就要给他大量的鼓励。

如果孩子不肯表达的原因是因为语言发展迟缓或是说话口齿不清、口吃，就要考虑孩子的年纪来判断问题的严重性。5岁之前很多孩子都会有口吃或是口齿不清的问题，大部分孩子不用刻意去纠正，随着成长自然就会消失。如果孩子的情况严重，影响到他的学习、沟通、人际关系，就要尽早到早期疗育的机构作语言发展的评估，进行语言治疗。

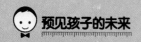

游 戏

 如何和孩子玩扮演游戏

大部分的孩子从3岁开始就会迷上扮演游戏，玩扮家家酒是他们日常生活中主要的活动之一。家里如果只有一个小孩，爸爸妈妈常常会被迫加入扮演游戏，最常见的是被强迫演小偷被警察抓，或是当病人去看医生，而且同样的剧目常常会一再地重复，直到孩子满足为止。如果有了兄弟姊妹，父母才比较有机会能够从这个剧场脱身。

扮演游戏对孩子的成长发展有相当大的助益：通过扮演游戏演练生活中实际的人际互动模式；通过扮演别人，学习站在别人的立场体会别人的感受；在扮演中练习适切的社交技巧，学习冲突的解决。通常喜欢扮演的孩子EQ比较高，人际关系也比较好。

如果孩子不善于表达自己，家长可以常常和他玩扮演游戏，通过情境的扮演和示范来练习适切的表达方式，自我肯定训练就是属于这种家长可以介入引导的扮演游戏。

扮演游戏的另一项功能是：家长可以通过扮演来了解孩子的内心世界和生活经验。

如果家长想要了解孩子的世界，在玩扮演游戏时，请坚持让孩子自编、自导、自演，家长的角色只是一个小配角，不论是剧情或是台词完全依照孩子的安排来扮演。孩子通常会喜欢扮演心目中的权威角色，像是老师、父母、医生、警察或是卖东西的人。当家长在陪伴孩子游戏时，传达出无条件的包容、接纳和了解的态度时，孩子就能自在、毫不设防地投射出他的经验、期待和想象。有时候可以从孩子的扮演中看到他在学校生活的情形，也可以通过孩子的扮演看到孩子眼中的父母。

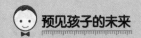

6 情绪本质

孩子在一天中总是笑容满面、快乐愉悦，天生一张笑脸；还是满心忧愁、闷闷不乐，经常有着一副酷酷的表情呢？前者属于情绪本质正向的孩子，后者则属于情绪本质负向的孩子。

 评估 孩子 情绪本质的小测验

情绪本质  正向

	从不如此	偶尔如此	经常如此	总是如此
1. 孩子日常生活中开心的时候比郁闷的时候多。	①	②	③	④
2. 孩子很喜欢笑。	①	②	③	④
3. 孩子很容易发现生活中有趣的事情。	①	②	③	④
4. 孩子每天回家会和你分享有趣好玩的事情。	①	②	③	④

总分10~12分: 情绪本质偏正向
总分13~16分: 情绪本质相当正向

总分

评估 **孩子** 情绪本质的小测验

| | 总是如此 | 经常如此 | 偶尔如此 | 从不如此 |

1. 孩子大部分的时候看起来好像闷闷不乐的。　　① ② ③ ④

2. 孩子的表情比较严肃, 比较不喜欢笑。　　① ② ③ ④

3. 孩子很容易看到生活中比较负向的部分。　　① ② ③ ④

4. 孩子喜欢对事情提出批评和不同的看法, 对事情　　① ② ③ ④
　 的态度比较严苛。

总分10～12分: 情绪本质偏负向
总分13～16分: 情绪本质相当负向

总分

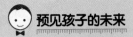

评估 **父母亲** 情绪本质的小测验

  情绪本质 正向

总是如此　经常如此　偶尔如此　从不如此

1. 日常生活中开心的时候比较多。 ④ ③ ② ①

2. 容易从正向、乐观的角度看事情。 ④ ③ ② ①

3. 不管是面对陌生人或是熟人，都习惯笑脸迎人，对人表示友善。 ④ ③ ② ①

4. 很容易从日常生活的小事情中发现乐趣。 ④ ③ ② ①

总分10~12分: 情绪本质偏正向
总分13~16分: 情绪本质相当正向

总分

评估 **父母亲** 情绪本质的小测验

	从不如此	偶尔如此	经常如此	总是如此

1. 用比较严肃的态度看待人生。 ① ② ③ ④

2. 平常比较不喜欢嘻嘻哈哈的。 ① ② ③ ④

3. 喜欢对事情作评论,能够看到别人所看不到的问题。 ① ② ③ ④

4. 习惯酷酷的表情,很少有笑容。 ① ② ③ ④

总分10~12分: 情绪本质偏负向
总分13~16分: 情绪本质相当负向

总分

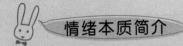

情绪本质简介

　　情绪本质指的是孩子在一天之中表现出快乐、友善、愉悦的时间比较多，还是表现出不快乐、不友善、不愉悦的时间比较多。

　　爱笑的孩子总是比较讨人喜欢，有些孩子见人就笑，心情经常是开心的，遇到什么事都觉得很好玩。这样的孩子通常比较有人缘。但并非每个孩子都是天生一张笑脸，有些孩子个性比较严肃，属于深思熟虑型的，经常摆出一副酷酷的表情，或是因为容易紧张不安而很难放松自己露出笑容。其实表情严肃的人内心也会渴望和别人接近，只是他们不知道自己平常不笑的脸是容易拒人于千里之外的。

如何帮助情绪本质负向的孩子

　　你可以送给孩子一个造形可爱的镜子，和他一起玩表情的游戏。先教他比较看看笑与不笑时，哪一个表情比较可爱，然后再用角色扮演的方式，和孩子练习经常保持友善的笑容。

　　随着孩子渐渐长大，你要开始教他一般的社会礼节。例如，别人送礼物给你时，即使你不喜欢也不可以摆一张臭脸，一定要笑笑并跟对方说"谢谢"，不管礼物的内容是什么，都要感谢对方的心意。

　　情绪本质负向的孩子是个天生的分析家与评论家，他总是可以看到别人没有看到的问题，发现事情还不够完美的部分。

长大之后，他可能是个杰出的社会改革者、政治评论家、鉴赏家，有着比别人更锐利的眼光。

孩子的情绪本质也可能反应了孩子所处的环境和他的气质互相配合的程度。如果一个退缩的孩子常常被迫去面对新的环境，好奇主动的孩子经常被阻止去探索，适应度低的孩子总是面对意料之外的情况，活动量大的孩子被要求安静，都可能使孩子出现比较多负向的情绪。所以父母也要思考孩子的不快乐是不是有其他的原因。

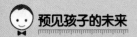

7 坚持度

遇到困难摆在眼前，孩子总是能排除万难、不轻言放弃吗？就算父母不赞同他作的某些决定，孩子会想："我再坚持久一点儿，爸妈就会答应我了。"这就是属于坚持度高的孩子，反之则为坚持度低的孩子。

 评估 **孩子** 坚持度的小测验

	从不如此	偶尔如此	经常如此	总是如此
1. 当事情不如己意时，孩子会坚持自己的意见，和父母讨价还价，企图说服父母。	①	②	③	④
2. 孩子在练习一种乐器或是运动时，会愿意锲而不舍重复地练习。	①	②	③	④
3. 遇到困难和挑战时，孩子经常表现得斗志十足，很想克服困难。	①	②	③	④
4. 孩子在进行拼拼图、做模型、画图等活动时，即使要花很长的时间，也会坚持要把它完成才肯休息。	①	②	③	④

总分10~12分：坚持度偏高

总分13~16分：坚持度相当高

总分

评估 **孩子** 坚持度的小测验

	从不如此	偶尔如此	经常如此	总是如此

1. 孩子在遇到挫折时,常常觉得很困难,很容易就 放弃。　①　②　③　④

2. 孩子很容易妥协,不太会坚持自己的想法和意见。　①　②　③　④

3. 孩子不喜欢从事那些需要苦练或是太费心思的 活动。　①　②　③　④

4. 孩子很缺乏耐心,遇到困难时,很容易就转移到 别的比较容易的活动上。　①　②　③　④

总分10~12分: 坚持度偏低
总分13~16分: 坚持度相当低

总分

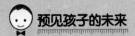

 评估 **父母亲** 坚持度的小测验

| | 从不如此 | 偶尔如此 | 经常如此 | 总是如此 |

1. 在工作上、生活中，遇到困难我会设法解决，不会轻易放弃。　①　②　③　④

2. 一旦我打定主意要做某事，不太容易受身边其他人的闲言闲语影响。　①　②　③　④

3. 从小到大，如果要学一样东西，我一定会不断地练习，直到学成为止。　①　②　③　④

4. 我的意志力很坚定，不容易被动摇，除非有充分的理由能说服我。　①　②　③　④

总分10~12分: 坚持度偏高
总分13~16分: 坚持度相当高

总分

评估 **父母亲** 坚持度的小测验

	从不如此	偶尔如此	经常如此	总是如此

1. 我做事情一向虎头蛇尾,常常做一半就放弃了。　　① ② ③ ④

2. 我不喜欢挑战,通常会选择比较轻松、容易的事情来做。　① ② ③ ④

3. 我对练习一样东西很缺乏耐心,没办法持续。　　① ② ③ ④

4. 我不太会坚持己见,很容易就被别人说服。　　① ② ③ ④

总分10~12分: 坚持度偏低
总分13~16分: 坚持度相当低

总分

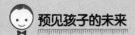

 坚持度简介

坚持度是指孩子在从事一项活动时，不会因为遇到阻碍或困难就轻易放弃的程度。这项活动可能是做功课、学习一项新的运动技能、面对考验智力的游戏、练习乐器等，也可以是孩子提出意见，想要从事一项活动或是完成一件事情。

 坚持度高的孩子的座右铭："再试一次，一定会成功"

坚持度高的孩子在面对困难时，心里常冒出一句话："再试一次，说不定就会成功。"所以在面对阻碍时，反而激起他们的斗志，他们会想要设法解决眼前的困难，而且相信自己的努力可能带来不同的结果。这样的特质如果用在学习上，是一个非常好的特质，所以坚持度高的孩子往往会有比较高的学习成就。他们对自己有兴趣的事情，会不厌其烦地练习，所以也比其他的孩子学得快。

不过当孩子的坚持度用在和父母对峙时，对父母而言就不是一个好的特质了。当坚持度高的孩子提出一个想法，爸妈如果回答"不可以"或"不行"，会立刻激起他的斗志。他会想："只要我再坚持久一点儿，再多说一些理由来说服，一定可以改变爸妈的心意。"所以他们的意志强烈，不容易屈服，很少会轻易地放弃自己的主张和想法。除非一试再试，最后知道不可能改变才会放弃。

在孩子婴幼儿的阶段，最好将家里的环境设计成可以自由探索的安全环境，以免整天都在对孩子说："不行！"、"不可以碰！"、"不可以去那边！"。和坚持度高的孩子进行权力的斗争是很辛苦的一件事，当他铆起劲来和你对峙时，你会觉得他不像是个两三岁的小孩，他有一股强大的能量，和你的能量不相上下。所以最好将那些珍贵易碎的摆设暂时收藏起来，把高级的音响用一块布盖住，把橱柜锁上。

当孩子大一点儿之后，就要建立清楚的家规，避免天天为了小事和孩子僵持不下，争论不休。当父母与孩子意见相左时，不要立即否决孩子的想法，可以花一点儿时间多听听孩子的想法。你可以说："我正在听，我想知道你需要的是什么。"了解孩子的立场及需要，也表达自己的立场和想法。不是妥协让步，也不是用自己的权威压制孩子，而是"协商"，和孩子一起想出一个两全其美的解决方案。两方各退一小步，同时照顾到两人的立场和需要。对坚持度高的孩子而言，学会尊重别人，考虑到别人的需要，运用创意想出一个双方都能接受的解决策略是非常重要的学习，对他未来的人际关系有深远的影响。

如果同样的争论一再出现，就得找一个时间，为这个问题开一个讨论会，将它订成一个规则，以免每次都得花时间讨论商议。规则的制定最好是在孩子心情平静的时候进行，孩子的意见也要纳入考虑，他必须表示同意，才会愿意遵守。由于坚持度高的孩子想达到目的时会不择手段，非常会钻规则的漏洞，所以在制定规则时，一定要说明清楚，并且考虑到各种不同的情况。当规则实行一段时间后，要配合实际的生活状况进行检讨和修改。

当孩子提出无理的要求时，父母也要发展出一种孩子可以识别的表达方式，让孩子知道他已经触到底线，父母绝对不会再妥协，他再坚持也没有用。久而久之，孩子会学到，当父母发出这种讯号时，自己就不必再坚持下去了。坚持度高的孩子就像是菜市场里最爱杀价的那位太太，她总是会一再地讨价还价，测试你的底线。

从另一个角度来看，坚持度高的孩子有许多可爱之处。东西坏了，他会坚持不懈地想把它修理好；钢琴弹得不好，他会重复地练习；学骑自行车时，他会摔倒后再爬起来尝试。有一首儿歌唱道："这是一句好话，再试一下，一试再试做不成，再试一下"，用来形容坚持度高的孩子实在是再贴切不过了。

不过当这种特质非常极端，变成一种追求完美的固执时，就可能造成孩子在适应上的困扰。有些孩子会为了一个目标，重复地练习，不肯休息，或是给自己定很高的标准，非达到不可。这时候，父母反倒得协助他放松自己，不要那么坚持固执，降低自我的要求，学习接受不完美，享受轻松。家长在选择玩具时，也要小心避免难度太高的玩具，孩子不清楚自己的发展阶段，会一味地想要克服所有的困难，反而造成很多挫折的情绪，边玩边生气。家长要把那些对孩子的发展阶段而言太困难的玩具先收起来，等孩子的能力可以克服困难时，再拿出来给他玩。

如何帮助孩子提高坚持度

坚持度低的孩子很好相处，不太会坚持自己的想法，容易妥协。所以妈妈说东，可以，妈妈说西，也可以。遇到阻碍，他们很少会费力气去克服或是直接冲撞，转个弯儿比较容易。

但是到了小学阶段，对于自己的功课和学习，他们也很容易向困难妥协，碰到小挫折就投降，他们不会费力地去解决一个难题或是冲破难关。所以坚持度低的孩子往往小时候对父母而言是个好带的孩子，到了学龄阶段，父母却要开始为他们的学习态度伤脑筋。

坚持度低的孩子心里最常出现的一句话是："这太难了，太麻烦了，我没有办法。"他们很容易放弃，喜欢选择比较简单的事情做，或是向大人要求协助。这时候，陪伴他的家人就要说："我们来看看，有什么比较简单的方法来解决这个问题。"孩子喜欢简单的事情，而且最好有人陪他一起做，这样他遇到困难时，随时可以求助。当一件工作被分成几个小部分时，难度就降低了。当难度降低时，坚持度低的孩子才会开始愿意尝试做做看。

所以父母可以把功课或是工作分成几小段，分段完成，做完一段就给他鼓励，中间可以休息，这样一件工作看起来就不会那么困难了。当孩子完成事情时，要对他的能力和坚持给予大量的肯定和鼓励，让他看到自己的能力以及自己的坚持对于事情所产生的影响，强调并分享他成功的喜悦，让他加倍体会完成的成就感。

例如，孩子觉得拼图太难了，不想玩，家长可以先从简单、片数少、难度低的开始陪他一起玩。家长先拼好一部分，留一两片给孩子拼，让孩子有成就感，以渐进的方式建立他的信心和兴趣。

孩子在学习的过程中，如果挫折感太大，从学习中得不到乐趣和成就感，就不会对学习有兴趣。孩子的学习动机取决于学习素材的难易度，当学习素材的难度比孩子的能力稍微困难一点儿时，孩子的学习动机最高。所以家长在陪伴孩子学习时，要用心地安排适合的材料。太简单的东西，缺乏挑战性，激不起孩子的兴趣；难度太高的又会让孩子有挫折感而放弃学习。只有那些有点儿难又不太难的事情，才会让孩子有信心挑战，有动机想去超越和克服，因为这样获得成就感的几率最高。

千万不要拿他和其他的孩子作比较，以他自己的程度和步调来进步，自己和自己比较，才会有机会给他大量的鼓励。陪伴坚持度低的孩子学习时，最好不要说出令他感觉挫败、打击他的信心的话，否则孩子很容易会放弃学习，干脆自暴自弃。当孩子对学习产生排斥感时，就得花更大的工夫让他重新建立对学习的兴趣。

8 注意力分散度

注意力易分散的孩子，会无法定下心来，容易被周遭的事物所刺激而转移他的注意力，同时，因为注意力容易被转移的关系，孩子的情绪也较容易安抚；反之，注意力不容易被分散的孩子就没有那么好骗了。

 评估 **孩子** 注意力分散度的小测验

	从不如此	偶尔如此	经常如此	总是如此
1. 孩子很容易被身边的刺激吸引而转移注意力。	①	②	③	④
2. 孩子在做事情时，很容易注意到有人从旁边经过。	①	②	③	④
3. 孩子在做功课或学习时，会边写边玩，喜欢停下来把玩桌上的东西。	①	②	③	④
4. 和孩子说故事时，孩子很容易被周遭其他人的活动分散注意力。	①	②	③	④

总分10~12分：注意力较容易分散
总分13~16分：注意力相当容易分散

总分

评估 孩子 注意力分散度的小测验

	从不如此	偶尔如此	经常如此	总是如此

1. 孩子在做一件事时, 常常非常投入, 对周遭的刺激
完全没有感觉。　　　　　　　　　　① ② ③ ④

2. 孩子专心投入一件事情时, 不容易被干扰, 旁边有
人走动也不会吸引他的注意力。　　① ② ③ ④

3. 孩子看电视时, 对召唤没反应, 好像完全没有注意
到其他人的存在。　　　　　　　　① ② ③ ④

4. 孩子在做功课或是学习时, 即使旁边有很多好玩
的玩具, 也不会分心去注意。　　　① ② ③ ④

总分10~12分: 注意力较不容易分散
总分13~16分: 注意力相当不容易分散

总分

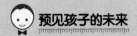

评估 **父母亲** 注意力分散度的小测验

注意力  易 分散

	从不如此	偶尔如此	经常如此	总是如此

1. 身边如果有什么风吹草动,我常常是第一个注意到的人。　① ② ③ ④

2. 在工作或是以前念书时,我常常不容易专心,很容易分心。　① ② ③ ④

3. 只要旁边有人经过,我通常会转头看一下。　① ② ③ ④

4. 做一件事时,我常常会被周遭好玩的东西吸引,停下来东摸摸、西摸摸。　① ② ③ ④

总分10~12分: 注意力较容易分散
总分13~16分: 注意力相当容易分散

总分

评估 **父母亲** 注意力分散度的小测验

从不如此　偶尔如此　经常如此　总是如此

1. 当我专注做一件事情时, 旁边的声音或是动静, 我常常都没有觉察到。　　① ② ③ ④

2. 我在看电视或是报纸时, 常常会因为太专心, 别人叫我, 我都没听到。　　① ② ③ ④

3. 以前在学校上课时, 我可以专心听讲, 不受旁边的小事情影响而分心。　　① ② ③ ④

4. 我可以专注地把事情一口气做完, 不会因为注意到其他的事情而被打断。　　① ② ③ ④

总分10~12分: 注意力较不容易分散

总分13~16分: 注意力相当不容易分散

总分

注意力分散度简介

注意力分散度指的是孩子的注意力容易被周遭刺激吸引而转移的程度。

小孩3岁之前,有一个很好用的教养策略叫做"转移注意力",当孩子出现不恰当的行为或是要求做一些父母不想让他做的事情时,父母会用另一个吸引他注意的物品或活动来转移他的注意力。注意力容易分散的孩子通常很快就被新的刺激吸引而中计;注意力不容易分散的孩子就没那么好骗了,虽然有好玩的东西在吸引他,他还是记得刚刚他要的那个东西。

注意力分散的优缺点

小的时候,注意力易分散的孩子,情绪比较容易被安抚,因为注意力很容易被转移,孩子哭闹时,只要给他一个玩具或是喂一点儿东西吃,他很快就忘记了,感觉比较好带。

到了学龄阶段,这个特质又要让父母伤脑筋了。孩子在做功课时,听到外面有什么动静,就要出来察看一下。上课时,旁边同学动一下、摸头发、拿东西什么的都可能分散他的注意力，让他没办法持续专注于老师的讲课内容。

如何帮助注意力易分散的小孩

注意力易分散的孩子无法不去注意不重要的刺激，他的注意力筛选滤网和一般的孩子不同，不论什么刺激，他都会注意。上课时，他没办法忽略身边其他无关紧要的动静，只将他的注意力定格在老师身上。所以注意力易分散的孩子在学习时，需要特别的安排来帮助他专注。

 孩子的学习环境最好能够安静、简单，不要出现太多会令人分心的事情。

 上课时，最好让孩子坐在离老师最近的地方，孩子的注意力不必穿越重重障碍才能到达老师，这样被干扰的几率也会比较小。最好不要坐在窗边，以免上课时容易受到走廊上的动静或是花园里的小鸟、天空的云朵的干扰。

 回家做功课或是学习时，环境中最好不要有太多会吸引孩子分心的东西，例如开着电视或是收音机，或是桌上陈列一些小玩具，孩子可能会写一个字，停下来玩一阵子，拖拖拉拉写很久。最好能让桌面保持干净、简单，只有做功课要用的东西。

写20分钟后,让孩子休息一下,再回来写一部分,分段完成。

最好有人能陪伴孩子做功课,时时提醒他专心。有些注意力易分散的孩子,即使桌面很干净,也可能会拿着铅笔、橡皮擦玩起扮演游戏,或是写写功课就不知不觉地发呆、走神,需要有人一直在旁边盯着。

当孩子好不容易可以专心时,不要一直打断他,和他说话或聊天,或是指正他的错误。

当事情开始重复,没有变化时,孩子的注意力就会转移到其他更有趣的事情上。所以孩子的学习情境,最好能安排较多的变化,有强烈的声光效果和双向互动,比较能够持续地吸引住孩子的注意力。有些老师喜欢运用有趣的教具或是游戏来进行教学,这就很适合注意力易分散的孩子。

给孩子指令时,最好简短、明确、清楚,一次给一个指令,孩子才会记得。不要说:"你先把杯子拿去厨房,再去洗个手,然后去房间把功课拿到妈妈这边来。"孩子可能只接收到第一个指令,后面的都没办法吸收进脑子里。

孩子因为注意力广,和小朋友相处时很容易注意到别人发生的事,往往容易不干他的事也插上一脚,介入很多争执。父母要教孩子区别,哪些事情要管,哪些事情不要过去凑热闹。

注意力不易分散的孩子

　　相反，有些孩子常常一旦专注于做一件事，旁边发生什么事他都没有注意到，这类的小孩很容易专注于自己的世界里，好像把所有的感觉通道都关上了，妈妈叫他他都听不到。

　　如果孩子常常这样，不要以为他是故意不理人，可能是太专注于自己的事情，没有注意到其他的讯息。妈妈可以试着用触觉或视觉的刺激，不要隔着房间叫他，而是走到他身边拍拍他，看着他的眼睛说话，确定他的注意力已经转到妈妈身上，他才能接收到讯息。

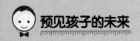

9 敏感度

敏感度高的孩子，在大家都可接受的情况与环境下，他可能会抱怨声音太大、光线太强等，所以父母带他们出去时，要特别注意孩子的情绪反应；敏感度低的孩子，相对地就比较迟钝。

 评估 **孩子** 敏感度的小测验

| | 从不如此 | 偶尔如此 | 经常如此 | 总是如此 |

1. 孩子会抱怨衣服的标签或是袜子的线头让他不舒服。　① ② ③ ④

2. 孩子对光线的强弱、声音的大小、温度的高低很敏感，常会受到影响。　① ② ③ ④

3. 孩子对人的表情、说话的语气观察很敏锐，很会察颜观色。　① ② ③ ④

4. 孩子常会注意到环境中细微的变化，例如会注意到妈妈换了发型或是眼镜。　① ② ③ ④

总分10~12分：敏感度偏高
总分13~16分：敏感度相当高

总分

评估 **孩子** 敏感度的小测验

从不如此　偶尔如此　经常如此　总是如此

---

1. 衣服的标签或袜子的线头对他没什么影响, 有时甚至连衣服弄湿了, 孩子也不太在乎。　　① ② ③ ④

---

2. 孩子对于外在环境的声光变化, 常常显得感受迟钝, 要别人提醒才会注意到。　　① ② ③ ④

---

3. 孩子不会看人脸色, 显得不够精明有点儿反应慢。　　① ② ③ ④

---

4. 孩子常常显得钝钝的, 神经比较大条, 感觉很不敏锐。　　① ② ③ ④

总分10~12分: 敏感度偏低
总分13~16分: 敏感度相当低

总分

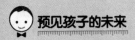

 评估 **父母亲** 敏感度的小测验

总是如此
经常如此
偶尔如此
从不如此

1. 我对于光线的强弱、声音的小大、温度的高低、气　① ② ③ ④
味的变化通常很敏感。

2. 对于别人的表情、动作和说话的语气观察敏锐。　① ② ③ ④

3. 我通常在别人还没有注意到之前，就发现有奇怪　① ② ③ ④
的味道或声音或是发生地震了。

4. 到了光线强烈、人声嘈杂、拥挤炎热的地方，我比别　① ② ③ ④
人更难以忍受。

总分10～12分: 敏感度偏高
总分13～16分: 敏感度相当高

总分

评估 **父母亲** 敏感度的小测验

敏 感 度   **低**

	从不如此	偶尔如此	经常如此	总是如此

1. 我对于环境中的物理变化常常浑然不觉。　　　① ② ③ ④

2. 我不太会察颜观色，常常后知后觉。　　　　　① ② ③ ④

3. 我很少会注意到环境中的光线强弱、声音大小、温　① ② ③ ④
　 度高低，这些很少会带给我不舒服。

4. 我常常在别人告诉我之后，才发现有奇怪的味道　① ② ③ ④
　 或是声音或是刚才发生地震了。

总分10～12分：敏感度偏低

总分13～16分：敏感度相当低　　　　　　　　　总分

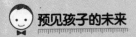

 敏感度简介

敏感度指的是孩子对外在物理刺激（包括声音、光亮、温度、气味等）的敏锐程度，也包括对人际交往的察颜观色能力。

 了解敏感孩子的世界

敏感度高的孩子，在一般人可以忍受的情况下，可能会觉得环境中的声音太大、光线太强，令他受不了。我们不是他，很难理解他的感受，如果孩子常常在刺激较强的情况下表现出不舒服或是烦躁的情绪，就要考虑孩子是不是太敏感了。

有些孩子对于衣服的标签或是袜子的线头会感觉很不舒服。妈妈可能得养成习惯，在衣物买回家时就得先把这些扰人的部分剪除，以免造成困扰，同时也避免给孩子买有太多缀饰的衣物，或是高领的毛衣，以免孩子穿起来很不舒服，会一直抱怨痒痒的或是刺刺的。

带孩子到嘈杂的环境时，要注意到孩子的情绪反应，避免在刺激强烈的地方待太久。当孩子开始烦躁不安时，要考虑是不是他太热了，流了满身大汗不舒服，或是环境太吵、太亮、太拥挤。除了尽量避免让孩子处在这种不舒服的情境之外，也要教导孩子学会用感觉的词汇来表达自己生理上的感受，让他了解自己是一个感觉比较敏锐的人，要学习为自己安排适合的环境，减少不舒服的感受。

如何帮助不敏感的孩子

　　敏感度也包括对人际交往的敏锐度。敏感度高的孩子比较会察颜观色，看到别人的表情反应，就知道自己该如何应对以得到好处。除了在人际关系中比较容易悠游自在，他们在学校的课业表现也会比较好，因为可以通过对老师表情的察颜观色，敏感觉察到考试的重点。

　　敏感度低的孩子，相对地就比较后知后觉，常常对别人的状况不清不楚，不够敏锐，家长可以教导孩子学会解读别人的非语言行为，通过表情动作来猜测别人内在的感受。和孩子一起观看有人际互动的动画影片，例如《樱桃小丸子》，并且询问孩子观察到什么和有什么想法，借机会教导孩子，这是很好的训练方式。每当《小丸子》中的人物脸上出现三条线时，都可以和孩子讨论这时候三条线代表什么情绪状态，每一次都不一样。家长可以利用孩子最喜欢亲近的动画片或是图画书，和孩子一起讨论如何观察别人的表情，解读别人的情绪。

因质而教篇

气质不同，教法就不同

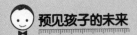

1 亲子关系

父母与孩子的气质如何互相影响

不同气质的亲子组合，会形成不同类型的亲子关系。家长可以运用 Part 1 的评估结果，思考自己与孩子的气质是如何相互作用、彼此影响的。

 活动量大的孩子VS活动量小的父母

好动的孩子有用不完的精力，常常会让安静的父母受不了，没有那么多精力追着他跑。最好家里能有其他的帮手，像是孩子的爷爷、奶奶、哥哥、姐姐，大家轮流陪他消耗体力。如果父母其中一个人也很好动，就多安排他们俩人一起活动。

 活动量小的孩子VS活动量大的父母

活动量大的父母随时说走就走，动作迅速，性子比较急的父母会受不了孩子的慢速度而忍不住指责他。父母要提醒自己孩子并不是故意要拖拖拉拉，除了要试着放慢脚步，给孩子多一点儿时间之外，也可以用好玩的游戏或竞赛的方式激发孩子的兴趣，训练孩子加快速度。

孩子的世界里其实是没有时间观念的，他们大多是活在当下，不太会想到下一刻的计划。所以有时候孩子动作慢，是因为他们采用一种慢速度的步调在享受生活。孩子可能会被路边的小花和小虫子吸引，而好奇地停下来观察和欣赏。路人随手丢弃的垃圾，也可能是他想捡起来研究的对象。所以有时候短短的一段路，走了好久都走不到目的地。相反地，大人的世界往往都是在赶路，我们总是急着想赶往下一个目的地，完成下一个目标，完全无视路上的风景。所以，有空的时候不妨放慢脚步，学学孩子过生活的方式，试着跟随他们的角度看看这个世界。我们会从孩子身上学到生活其实不必这么匆忙、这么目标取向，真正的乐趣，一直蕴藏在被我们忽略的过程中。

 ## 规律的父母VS不规律的孩子

对规律的父母而言，维持良好的规律和秩序才会有安全感，他们会很受不了孩子的不规律，受不了孩子总是把生活作息搞得一团混乱。当他们觉得孩子的不可预测令他们忍无可忍时，难免会发一顿脾气责骂孩子。

除了用渐进式的方法养成孩子的作息规律之外，也要试着放松自己，学习接受并欣赏孩子的自发性，因为规律性低的孩子不会受限于僵化的思考和行为习惯，也比较有创造力。看似混乱的生活中，其实蕴藏着创意无限。

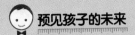

 不规律的父母VS规律的孩子

规律性低的父母会觉得孩子的规律太僵化，太缺乏弹性了；而父母随性的生活模式会让孩子配合得很辛苦。彼此若能相互影响和调整，其实为双方都能带来好处。

 主动好奇的父母VS害羞退缩的孩子

主动外向的父母很难理解孩子的胆小害羞，尤其是当这个孩子是个男生时，更容易被父母亲指责和羞辱："你像个男子汉好不好？""男生还这么胆小！""你这么爱哭，到底是不是男生啊！"指责和羞辱并不能帮助孩子变勇敢，只会让他形成一个"我是没有用的胆小鬼"的自我概念。只有不断地累积成功的经验，才能让孩子建立信心，相信自己可以克服害怕，面对困难。

家长可以想象自己最害怕的事情，去揣摩孩子害怕时的感觉。孩子坐云霄飞车时的恐惧，就像是父母亲面临飞机失事时的惊恐；孩子看到小狗的害怕，就像父母看到老虎在身边一样的感觉。通过这样的方式，试着去同理孩子的感受，就比较容易接纳他主观的感觉，并且设法帮助他学习克服恐惧。

 主动好奇的孩子VS小心谨慎的父母

小心谨慎的父母常常被孩子的大胆作风给吓到，时时刻刻提心吊胆，深怕孩子又去做了什么危险的事情。孩子的感觉则是常常觉得被限制，什么都不可以做，不可以去游泳，不可以和同学出去玩。容易担心的父母亲要学习放宽限制，相信孩子，与其一味地限制和控制孩子，倒不如教会孩子保护自己的方法来得更重要。孩子总有一天会离开父母身边，我们不可能永远限制他们、保护他们。如果从小什么都没有尝试过，孩子有一天离开父母身边时，会变得不懂得如何保护自己。孩子在父母的陪伴下尝试和冒险，才会知道可以冒险的界限和范围在哪里。

反应强度强的父母VS反应强度强的孩子

全家人反应强度都很强的结果是家人之间互动时嗓门都很大，开心时会抱在一起大声喧闹，非常忘我；吵架时，也会互相大声地对骂。情绪是会互相感染的，如果彼此的情绪反应强度都很强，就很容易进入激动的状态，最后只是情绪的发泄而已，并无法进行有效地沟通。家长必须先学会控制自己的反应，先让自己情绪平静，降低音量，才能协助孩子平静。家长的情绪处理秘诀，请参考 Part 1 第 5 小节。

反应强度强的父母VS反应强度弱的孩子

如果家长的反应激烈，会让反应强度弱的孩子更不敢表达。因此，少说多听是最重要的原则，鼓励孩子多表达，即使是少量微弱的反应都应该给予鼓励，孩子才不会更加地畏缩，或是凡事藏在心里不说。

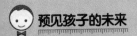

 坚持度高的父母VS坚持度高的孩子

　　如果亲子之间彼此的坚持度都相当高，就很容易出现彼此对峙的情形：为了某件事，互不相让，比赛谁坚持得比较久。这时候，对峙的双方都需要学习站在对方的立场思考的能力。如果能够了解对方之所以坚持的理由，就比较可能找到彼此都能接受的妥协方案。因此，父母亲和孩子都需要培养同理心和沟通的能力，才不至于变成自我中心的固执。如果经过思考和沟通之后，仍觉得需要坚持，再设法说服对方接受自己的想法。

　　父母也要学着去欣赏孩子的坚持，当孩子渐渐长大，父母要学习放手让孩子自己去作决定，不要认为他们还小，什么都不懂。常常，孩子的坚持其实是对的，他们的意见和想法，有时候比大人考虑得还要周全，只是父母还不能相信孩子的判断力或是拉不下老脸。如果仔细听过孩子的想法，觉得孩子的想法很好，就应该要鼓励和肯定他的判断力，这样孩子才能学会独立和相信自己。

 坚持度低的父母VS坚持度高的孩子

　　这样的组合之下，父母亲比较容易顺着孩子的意志，孩子只要坚持得够久，父母就会妥协。久而久之，孩子会以为任何事情都可以由他的意志来决定，变得唯我独尊，无法接受别人不同的意见。因此，父母要提醒自己，不要放任孩子的权力无限地扩大，这会使孩子形成自我中心的人格特质，将来在人际互动上会出现很多的问题和困难。在孩子年纪还小的阶段，一定要让孩子学会尊重别人的感觉、想法和意见，考虑到别人的立场和需要，这样孩子长大以后，才不会在人际关系中受到排斥。

如果父母亲的坚持度正好一高一低，也很容易出现教养上的问题，例如妈妈坚持的原则会被爸爸破坏，小孩如果稍微撒娇或是坚持久一点儿，爸爸就投降了。久而久之，父母的管教态度不一致，孩子会学会钻漏洞，知道向谁要求比较容易成功，这样就很难建立规矩。

其实，大部分夫妻彼此的个性是互补的，因为不同所以才会互相吸引。也因此在孩子身上常常可以看到许多父母个性的有趣组合。我们可以从自己和配偶的气质来了解孩子，就不会太担心孩子的特质，因为孩子顶多也不过就是长成一个像自己一样的大人，也不会糟糕到哪里去。我们也可以从孩子的气质来更进一步了解自己和另一半的个性，从孩子身上看到自己或对方小时候的样子，因而对彼此的个性有更深入的洞察和了解，进而发现更多可爱的面貌。

2 手足关系

不同气质的孩子间如何摆平

　　同一个家庭里的兄弟姐妹因为先天遗传的关系，常常会有迥然不同的气质。如果是第一个孩子，父母没有经验，也没有比较的对象，很难判断孩子的气质好带或是不好带。通常是生了第二个孩子之后，才会与第一个孩子比较，比较两个孩子在气质上的差异，好带与不好带常常是比较来的。父母亲会通过比较而夸大彼此的差异性，可能因为老大太好动了，就会觉得老二很好带，其实可能老二也很好动，只是没有像老大那么严重。当提到孩子的个性时，父母会特别强调孩子的独特性和差异性。孩子接收这些讯息之后，会表现得更倾向自己天生的气质，更刻意地表现出自己的独特性。家长要提醒自己，对孩子的感受和评断，可能是来自于相对的比较，不是客观的评估。最好的做法是能从正向的角度来看待孩子各别的特质，而不是拿同一个标准来比较和评断。这样的态度会让孩

子知道每个人都有自己的特质和优点，是没办法比较好坏的。

手足之间的竞争是大部分有兄弟姐妹的家庭都会出现的状况，孩子的气质不同，又会碰撞出不同的火花。父母在面对两个不同气质的孩子时，要针对孩子不同的气质调整自己的反应方式。

反应强度强VS反应强度弱

两个小孩的反应强度一强一弱，父母比较容易注意到反应强烈孩子的需求，而容易忽略反应温和孩子的需要。久而久之，孩子不是心里藏着委屈不说，就是也学会大吵大闹来吸引父母的注意力。像是手足争吵的时候，不一定叫得比较大声的就是受害者，有可能是他先去欺负别人，而真正的受害者只是反应强度比较弱罢了。

家长一定要把气质的因素加入考虑，才能明察秋毫，不至于误解了孩子。对反应强度强的孩子的反应要记得打个五折，反应强度弱的孩子的反应则要加个五成，然后再来作判断。

坚持度高VS坚持度低

如果两个孩子的坚持度一高一低，他们的相处就会变成坚持度高的总是在发号施令，坚持度低的那一个总是配合顺从。虽然两个人的相处表面看来很融洽、没有争执，但是长久下去，坚持度高的孩子会认为唯我独尊是理所当然的，另一个孩子则

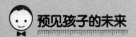

是更加习惯于当个没有主见的人。

父母有时候必须介入教导坚持度高的孩子考虑别人的立场，尊重别人的意见；同时也要训练坚持度低的孩子不要一味地顺从别人的想法，也要学会表达自己的想法。

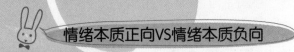
情绪本质正向VS情绪本质负向

情绪本质正向又顺从的孩子整天开开心心的又很听话，比较容易讨父母喜欢。如果家里另一个孩子情绪本质比较负向，坚持度又偏高，老是唱反调又爱抱怨，就不容易和父母建立正向的亲子关系。久而久之，父母对待两个孩子的方式自然不同，天生气质难带的孩子，本来就很容易引起父母负向的情绪，若是加上孩子的敏感度高，特别会去注意父母的差别待遇，情绪就更加嫉妒不平。

因此，父母在面对难带的孩子时，一定要常常提醒自己，孩子之所以如此表现，是因为他生来就带着这样的特质，他自己也并不想做个令人讨厌的人。很多时候孩子的反应方式是因为天生气质而有的自然反应，并不是骂他、训他几次就能够改变的。

如果父母能体会到孩子臭臭的表情之下，也有一颗渴望被家人关爱的心，就比较能调整自己的情绪和想法，继续耐心地等待孩子的进步和改变。嫉妒的本质是觉得自己是匮乏不足的，不管外在的现实如何，嫉妒者在嫉妒的当下，一定是认为自己是比较差的。光是这个嫉妒的感觉就让他很不舒服，很不快乐，很不喜欢自己了。父母在面对这样的孩子时，一定要能透视孩子坚强外表下其实有一颗比平常人还要脆弱的心，要把自己想象成上帝，给他们更多无条件的爱与宽容，把孩子当成是上天赐予的礼物，让自己有机会展现出人性中伟大的一面。

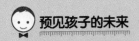
3 入学的准备

如何协助不同气质的孩子适应学校生活

孩子第一次上学对每个家庭来说都是一件大事,"第一天上学! 第一天上学! "电影《海底总动员》里的尼莫和他老爸马林在面对尼莫第一天上学时的兴奋情绪,相信看过的人都有深刻的印象。如果想要有一个顺利的入学过程,一定要做好事前的准备,最重要的是要将孩子的气质纳入考虑之中。

 幼儿园的选择

首先是幼儿园的选择,除了考虑公立、私立或是双语、单语、全美语之外,更重要的是要考虑幼儿园的大小、结构性、人数多寡等因素,以及教室的气氛和老师的气质与孩子的气质之间是不是能够相互配合。因为每个孩子的气质不同,老师也有自己的气质,对邻居小孩而言是位很适合的好老师,和你的孩子相处起来却可能会格格不入。所以在选择适合的幼儿园时,要考虑孩子的各别差异。

活动量大的孩子需要比较大的空间,如果学校的环境是20个小朋友挤在小小的狭长的教室里,孩子肯定会常常和人起冲

突，或是因为活动量被限制而闹情绪。如果
幼儿园能像山上的森林小学一样，给孩子一
个原始开放的空间成长，活动量大的孩子就
会有一个比较快乐的童年。所以活动的空间
比较大，在课程中孩子不需要时时被约束在
位子上的环境对活动量大的孩子而言，是一
个比较符合人性的选择。家长可以在参观学
校时，用心观察那些活动量大的孩子静不下
来时老师们的反应。如果老师们对于孩子
的活动量能够作适当的引导和接纳，一样真

心地喜爱他们，不会对他们的四处游走感到生气和不耐烦，那
么这就是一个比较适合孩子成长的环境；相反，如果教室非常
要求秩序和一致性，孩子的好动经常会受到老师的斥责和处罚，
那么孩子在这样的环境中成长，肯定不是件愉快的事情。

　　规律性高、适应度低的孩子，适合结构性高、稳定性高的
幼儿园。最好每天的作息时间很规律，可预测性高，老师最好
也不会常常变动，孩子才不需要经常适应新的对象。最好老师
在课程与课程的转换间，能习惯性地作转变前的预告，让适应
度低的孩子有时间做心理上的准备和调适。

入学前的热身

　　选定幼儿园之后，可以带孩子去参观试读，一开始可以利
用幼儿园下课后的时间，带着孩子散步到园里面参观、玩耍。

几次之后，开始和孩子沟通，做上学的心理准备。

家长也可以利用参观的机会了解幼儿园重视的教育理念和自己的相不相合，以及幼儿园的课程和一天的作息内容，和孩子做事前的预习。同时，也可以和老师沟通孩子的气质，特别是那些有明显气质倾向的孩子，更要让老师对孩子的特质有更多的了解，未来老师在和孩子相处时，才比较能够依着孩子的特质作适当的处置。

入学当天

入学的当天，常常是幼儿园老师压力最大的日子。面对一群初次离开父母要去适应团体生活的小宝贝，必须要了解和掌握每个孩子的各别状况。常见的场景是父母和孩子隔着玻璃相望，用视线维持最后一道联系。有的孩子放声大哭，别的孩子被哭声感染，也跟着哭了起来，有的孩子和父母拉拉扯扯不肯进教室。老师一方面要处理自己的焦虑，一方面还要忙着安抚孩子和父母的情绪。这时候，就可以看到不同气质的孩子，有不同的反应。

※主动好奇的孩子

主动好奇的孩子上学的第一天通常都不会害怕，因为看到新的教室和五花八门的玩具，只想赶快冲进去玩一玩。不过家长不要以为孩子完全不会出现适应的问题，很多主动好奇的孩子在上学一个星期之后，才开始抱怨不想上学。因为孩子一开始只是被新鲜的玩具吸引，等新鲜感过去之后，真正的适应才正要开始。孩子其实也需要一段时间才能慢慢去熟悉和适应新的环境，和老师建立互信的关系。

※害羞退缩的孩子

害羞退缩的孩子的入学过程，则需要更多的准备。"让他哭着上学，哭一两个星期，顶多哭一个月，就不会哭了"并不是孩子入学的唯一剧本。如果你知道孩子的气质属于害羞退缩型的，最好在入学之前，能多带他去学校玩，熟悉环境。上学之前，和他说明上学是怎么回事，在幼儿园一天的作息流程，以及可能会发生的事情，让他有心理准备。上学的第一天，提早到学校，让他有时间观察和熟悉环境，平静自己的情绪。最好能在学校陪伴他半天，不要突然把他丢在陌生的地方就离开。妈妈可以坐在孩子看得见的角落，让孩子知道这个环境是安全的，如果他想找妈妈，随时都找得到。孩子在安全感足够的情况下，会比较有能量去认识新老师和新同学，融入新的团体生活。等到孩子熟悉新环境、建立安全感之后，再让他自己上学，孩子就比较不会出现那种好像要和父母生离死别，哭得肝肠寸断的情形。

如果有哥哥姐姐或是原本就认识的朋友在同一个幼儿园里，情况会更好。孩子担心害怕时，至少有一个熟悉的人在身边。如果都没有哥哥姐姐或是朋友同校，让孩子带一个自己最喜欢的玩具或是娃娃在身边，当做妈妈的替代品，也是可以增加安全感的好方法。

进入小学

相信孩子在父母用心的陪伴之下，到了入小学的阶段，一定已经比较有能力面对陌生的情境了。不过，父母还是不要忘了孩子天生害羞退缩的本质，一样要做好事前的准备，协助孩子将焦虑感降到最低。

进入小学之后，父母最好能尽量抽空参加孩子学校举办的活动，例如担任班级的爱心妈妈、爱心爸爸；利用早自习到班上说故事；或是在孩子户外教学时一起参与，协助老师照顾小朋友。通过这些参与孩子学校生活的机会，可以从旁观察孩子在学校适应的情形、和同侪相处的状况。也可以利用学校日的时间和老师沟通孩子的状况，讨论如何帮助孩子适应学校的生活。

学校的适应

有些特质的孩子需要老师特别的协助，父母要和老师保持密切的联络和讨论，才能依照每个孩子的特质因材施教。家长可以用正向的形容词来描述孩子的气质和典型的反应，也可以分享自己在家里用过的有效处理策略。用"分享"的语气，并非"指导"的口吻，比较容易被老师接受。不过，家长也要了解老师在学校面对的是一群孩子，不像我们在家里只需要面对一个孩子，所以观点一定不同。而且老师也有自己的气质，在和老师沟通时，要记得彼此共同的目标都是为了孩子好，所以是同盟，并非敌对。和老师有良性的互动，最后受益的才是我们的孩子。

活动量大的孩子上课常常坐不住，不是动来动去、爱讲话，就是容易离开座位。家长可以让老师了解孩子的状况纯粹是因为活动量偏高，并不是故意不听话；可以建议老师常常让他当小帮手，跑跑腿，给他一些合法的活动机会；忽略他上课动来动去、坐不端正的行为。因为要求他和其他活动量低的孩子一样安静地坐着上课，实在是太强人所难了。

注意力不集中的孩子则是常常忘东忘西，没有听到老师传达的重要讯息。家长要和老师保持联系，如果老师不反对，可以常常和老师通电话，了解学校的教学进度以及孩子适应的情形。否则孩子可能因为注意力的问题，忽略了许多重要的讯息和功课。另外在文具用品上贴上姓名贴纸，可以稍稍降低文具的遗失率，不过父母要有心理准备，不要买太贵的文具，孩子很可能带着齐全的文具上学，却带个空空的铅笔盒回来。

坚持度高的孩子习惯于依照自己的方式做事，比较难接受团体生活的规律，可能会和老师争辩，不顺从规范。家长要和孩子沟通学校规范的用意，并且强调遵守规矩的重要性。当道理说得通，孩子接受之后，他也会很坚持地遵守学校的规范。有些坚持度高的孩子可能因上一节课的手工作品尚未完成，坚持要在下一节课继续做完。老师可以提醒他先收起来，分段完成，不要强调一定要当天完成。

反应强度强的孩子容易与同学起争执,有时容易出现攻击行为。孩子必须学会避开会引起情绪的场面,或是会令他生气的同学。一旦生气时,可以用不伤害自己和别人的方式宣泄情绪,例如写纸条向老师告状。老师可以准备一个纸箱,让孩子把告状的事都写下来丢进箱子里。有时候孩子只是需要一个管道排解情绪,告完状气也消了。

规律性低的孩子,可能在上课时不知不觉地睡着,或是上课到一半想上厕所或是肚子饿要吃东西。老师一开始可以给孩子比较多的弹性,接下来家长和老师都要努力协助孩子建立适合学校生活的规律性习惯,例如早睡早起、吃完早餐再上学、下课先去上厕所等。

反应强度弱和害羞退缩的孩子在人际互动上比较退缩,会

害怕接近老师，也不容易结交朋友，需要老师特别地关心和协助，主动地和他建立关系，并且帮助他和同学交朋友。例如，安排一个比较开朗大方，又喜欢帮助别人的同学陪伴他。

坚持度低的孩子遇到困难容易放弃，学习的坚持度不足。可以建议老师依照孩子的能力和学习速度要求功课的量，尽量制造可以鼓励孩子、让孩子有成就感的机会，不一定对每个孩子都要用相同的标准来要求。

别让孩子得了拒学症

孩子在进入小学或是升初中、升高中时，都要重新面对新的老师和新的同学，在这几个关键阶段孩子都有可能因为必须面对新的环境和新的压力而出现一些生理的症状，例如胃痛、失眠、做噩梦、头晕、头痛、感冒等。父母不要把这些问题当做纯粹的生理疾病来医治；一定要协助孩子和老师进行沟通，帮助孩子找出压力的来源，解决他情绪上的压力和对学校的恐惧，让孩子开始喜欢上学。

有些孩子因为对环境的不适应而出现身心症状，父母帮他请假在家休养一段时间之后，孩子尝到了请假在家的好处，变得更不想上学。如果父母的坚持度低、孩子的坚持度高，孩子会用生病作为不上学的借口和手段，最后演变成拒学症，就更加无法融入学校的生活了，所以父母千万不要在孩子上学这件事情上轻易地让步。

孩子不肯上学一定有原因，也许是老师太严格，孩子太敏感，容易被老师的大嗓门给吓到；也许是孩子的气质比较退缩，不知道如何结交朋友，每天上学都感到很孤单；也可能是孩子对妈妈太依赖，上学时总想着妈妈不晓得在做什么。不论原因是什么，父母都要设法帮助他们排除上学的障碍，必要时，换一所学校、换一位老师重新开始，也是个可行的方法。

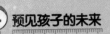

4 结交朋友

不同气质的孩子如何与同伴相处

孩子 3 岁之后，开始准备参与学校的团体生活。这么小的孩子上学有一个很重要的目的是学习如何结交朋友，如何和别人一起玩。孩子通过这些看似不起眼的游戏过程，学习分享、轮流、沟通、妥协等基本的人际技巧，点点滴滴地培养起人际关系的基本能力。

孩子因为气质的不同，在学习和小朋友和谐相处的过程中，会面临不同的挑战，家长必须针对孩子的特质，作不同的安排和协助，让每一个孩子都能通过一次又一次的练习和调整渐入佳境，开始享受有朋友的快乐。

活动量大

好动的孩子很容易进入一种人来疯的状态，所以适合小团体的活动，而且最好不要整个团体都是好动的孩子。妈妈如果邀请小朋友来家里玩，要避免找好几个同样是好动的孩子一起来玩，常常只要两个好动的孩子在一起就可以把整个团体吵得鸡犬不宁，争执不断。所以多安排几位安静稳定的孩子一起玩，可以借由团体的安定力，让好动的孩子可以稳定自己。

当孩子太疯狂时，要适度地提醒他休息，有节奏地休息，每隔一段时间，要让他平静一下。带孩子去别人家玩，准备回家之前，先逐步缓和孩子的情绪，再带孩子回家，以免孩子正在兴头上，大哭大闹不肯回家。

活动量大的孩子用身体说话，看到喜欢的人，实在太高兴了，不管三七二十一就冲过去把他抱住。有时候因为动作较大，游戏的方式也比较粗鲁。孩子因为无聊又闲不下来，会一直逗弄别人，像是给人搔痒，拉拉别人的头发，捏别人的脸，他自己以为这是一个好玩的方式，但是却让同伴很不舒服。孩子常常不知道人际的界限在哪里，会很突兀地介入一个团体，或是侵犯别人的个人空间而不自知。父母最好能观察他和同伴相处的方式，然后和他讨论，告诉他哪些行为已经侵犯了别人，让别人不舒服，别人的哪些反应和表情已经表明他不高兴了。和孩子一起讨论、学习别人也能接受的互动方式，并且提醒他要注意保持距离，先想一想再行动。

情绪反应强

情绪反应强的孩子常会因为小事情反应强烈，容易成为同学逗弄的对象。有些小朋友看到越是有情绪反应的人，就越想逗弄他，喜欢看别人被惹得火冒三丈的样子。被逗弄的孩子也因此容易在情绪失控下出现攻击行为，不但影响孩子的人际关系，还常常成为老师责骂的对象。

父母要帮助孩子学习控制情绪和平静自己的方法，首先要先学会觉察情境线索，辨识出那些容易引发他情绪失控的对象，尽量减少他们打在一起互动的时间。家长要尽量安排一些可以和孩子和谐相处的同伴来和孩子一起玩乐，让正向的互动模式变成一种习惯。

接下来，可以和孩子讨论，当自己被激怒时，会出现什么样的感觉征兆，提升孩子对自己情绪转变的敏感度。等到孩子学会觉察自己在快要勃然大怒时的讯号之后，就可以提供他不同的处理策略。孩子可以在觉察到情绪爆炸的警讯时立刻离开被激怒的现场，在心里从 1 数到 20，帮助自己平静；或是学习把激怒他的同伴想象成一只好笑的恐龙，就不会受其影响而生气，然后静静地观察对方激怒不成功时的泄气反应。孩子原本是被逗弄的受害者，如果能转而将注意力放在观察对方的表情和动作，反被动为主动，那种被激怒的感觉就比较不容易出现。

主动好奇

孩子长大之后，父母要特别留心同侪的影响，如果孩子交了坏朋友，会引诱他去尝试不良的嗜好或是违法的事情，例如抽烟、喝酒、使用禁药或是犯罪。好奇心重的孩子比较容易因为追求新鲜和刺激而去尝试。

有些好奇的孩子到了别人家里，忍不住四处碰触，什么东西都想碰一碰、玩一玩，把别人的东西当做自己的东西，人我的界线不清楚，这是需要父母教导提醒的。如果一味顺着孩子的好奇心，孩子的眼中就只有自己，会学不到对别人的尊重。

害羞退缩

害羞退缩的孩子在交朋友的过程中容易感到紧张焦虑，如果要他同时面对很多个小朋友时，他会不知所措。所以，最好先从和一个小朋友的互动开始，等孩子熟悉自在之后，再慢慢增加新的朋友。

如果孩子的气质比较害羞，再加上反应强度太弱，常常会在团体中被忽略，可能一个学期下来都没有交到朋友，同学也不知道班上有这位同学存在；孩子只好习惯于一个人玩，久而久之更不知道该如何结交朋友。父母一定要重视这个问题，从旁协助孩子，学习交朋友的方法和技巧。

有时候孩子交不到朋友的原因是因为没有可以和别人聊天的共同话题。有些家长会禁止孩子看电视、看动画片、玩电动、看漫画，结果其他小朋友在讨论的话题，孩子都听不懂，也插不上嘴，会显得和别人格格不入。因此，家长适度的开放，让孩子能跟得上流行是很必要的。

有些孩子可以自然地从和朋友的互动中学会社交技巧，有些孩子可能需要额外的教导。如果孩子不知道如何与陌生的小朋友打招呼、开始交谈，或是不知道怎么加入别人的游戏，家长要示范给他看，教导他认识新朋友的技巧。

社交技巧

 如何加入一个团体和别人一起玩

1. 先在一旁观察别人在玩什么。

2. 听听看他们的对话内容，在谈些什么，用什么方式交谈。

3. 准备好决定要加入之后，你可以说："我可以和你们一起玩吗？"他们大部分都会说"好啊！"就这么简单。

4. 如果他们说："不可以，我们人数已经足够了。"你也不要难过，他们拒绝你不是因为他们不喜欢你，纯粹是因当时情况所做的反应，下一次他们可能又会欢迎你一起玩了。

5. 你也可以用一种非正式的方式加入。很多孩子加入一个陌生的团体和别人一起玩，是不需要特别询问的。他们只是在一旁观察，然后在适当的时机插入团体中的对话，像是询问一个相关的问题，很自然地就会有小朋友回答他，然后就不知不觉地变成团体中的成员了。孩子们的团体基本上很少会排斥别人，只要你的行为不是太明显的令人讨厌，大部分的人都会很高兴地接受你成为团体的一员，并且玩得很开心。

社交技巧

☃ 如何结交新朋友

1. 先用微笑和友善的眼神和对方打招呼。

2. 从情境中两人共同注意或相关联的话题开始交谈。例如，两个人一起在逗一只狗，就可以和对方聊聊你的"小狗经"。

3. 倾听对方的回答，并且适当地回应，不要只顾着说你想说的话，或是打断别人，和对方抢话。

4. 聊开之后，可以问问对方其他相关的基本资料，像是住在哪里，今年几岁，在什么学校读书，念大班、中班还是小班，几年级等。

5. 等彼此交换一些基本资料之后，你们就算是朋友了。就是这么简单!

朋友并不是越多越好，有的孩子个性较内向，如果能维持一两个稳定的友伴关系，也就够了。有的人喜欢交很多朋友，有的人喜欢和少数的朋友维持深入稳定的关系，这两种方式都很好。

适应度高

适应度高的孩子容易被朋友左右，所以家长要帮助他慎选朋友。如果常和他在一起玩的孩子都很正常，家长就不必太担心。孩子很容易听从别人的意见，跟着别人走，因此要多和孩子聊聊他和朋友相处的情形，以免孩子被心机重的朋友利用，自己却不自觉。

情绪本质正向和负向

爱笑的人比较容易交朋友，酷酷的人让人不太敢接近。很多友谊都是从相互的微笑和友善的眼神开始。所以如果孩子的情绪本质负向，很少有笑容，可能在结交朋友上会比较吃亏。家长可以帮他想想办法，例如让他带些小饼干去学校请同学吃，或是利用假日帮他约朋友来家里玩。通过这些安排让孩子学会主动对别人表示友善，愿意助人和分享，是交朋友的秘密武器。

此外，在加入别人的游戏时，要先接纳别人的玩法，才能自然地融入。情绪本质负向的改革家经常会有更好的想法，想要去改变别人的玩法。这种革命性的意见，最好不要在刚加入团体时就提出来，以免遭到别人排斥。最好是等自己已经成功地被接纳成为游戏团体中的一员之后，再提出些改革的方案，会比较容易被团体成员接受。

坚持度高

坚持度高的孩子在和同伴相处时容易坚持己见，不接受别人的意见和看法，认为只有自己的想法才是最好的；在团体中喜欢当老大，希望别人都听他的。如果大部分的时候他的意见都相当深思熟虑，也的确被大家所接受，他可能可以在大家都没有意见的团体里当个领导者。但如果孩子的意见总是与别人相左，却又总是固执己见，久而久之，大家就不会想和他在一起玩了。

坚持度高的孩子一定得学会"协商"的技巧，提出自己的看法，也听听别人的意见，尽量想出能够两全其美的解决方法。例如先采用方案一，再采用方案二，或是用计时器来轮流。学会如何在冲突的情况下，和对方一起想出两个人都能满意的解决方法，对每一个孩子来讲都是非常重要的。

人际过度敏感

适当的人际敏感度有助于人际关系的发展。因为人与人互动的过程中，除了语言的沟通之外，还有更大量的非语言沟通在进行着。善于察颜观色的人，不会漏掉别人的表情、姿势、动作和语气所传达出来的讯息，所以能够更精准地抓住别人的感觉和想法，让互动和沟通更加顺利。

不过，如果敏感过头了，就会造成人际的困扰。有些人容易疑神疑鬼，过度去解释别人无意义的行为，认为别人一定是故意要对自己不利。把别人无心的行为都解释成是故意的，反而会造成自己莫大的心理负担，时时处在防御和警觉的状态；久而久之，别人也会觉得他的反应很奇怪，不想和他太接近，结果更支持了他之前的怀疑和假设，其实一切都是从他自己过度敏感的想法开始的。

因此，如果孩子太敏感，要帮助他看清事情的真相，学习从正向的角度解释别人的行为，才能带来良性的循环。

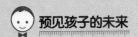
5 才艺班的选择

如何依照孩子的气质选择适合的才艺班

现代的父母亲小孩生得少，所以每个孩子都被当做宝贝一样栽培。坊间各种各样的才艺班应运而生。大部分的学习都从4岁开始，有些才艺班甚至从2岁就开始招生了。在帮孩子选择才艺班时，首要的考虑是孩子的兴趣和天分，如果能将孩子的气质也同时列入考虑，将会更加周全顺利。

活动量大的孩子

活动量较大的孩子在学龄前坐不住的情形特别明显，因此若是安排孩子参加需要较长时间静坐的学习，孩子肯定很难全程配合。建议尽量挑选能接受孩子在学习过程中动来动去的课程。如果对孩子的活动量能够包容，就不会出现整堂课一直在约束和指责孩子的情形。同样，如果想带孩子去看表演，也宁可选择看儿童剧或参加说故事团体而不是听音乐会，因为看儿童剧和听故事的场合较能包容孩子的动作和声音，偶尔台上台下的互动，也可以让孩子有机会动一动。

对活动量大的孩子而言，参与动态的学习，像是跳舞、游泳、轮滑、桌球、街舞、篮球等，一方面可以让他有机会发泄过盛的体力，另一方面又可以培养一项专长和兴趣，是很不错的选择。最好是参加人数较少的班级，以免在课堂上有很多时间必须等待轮流。孩子一闲下来没事做，就会开始自创活动，很可能造成课堂的干扰。有些孩子很有运动细胞，在学习上容易得心应手，获得成就感和自信心。不过，好动并不等于很会运动，如果孩子在学习上表现得并不如预期，家长也要以培养兴趣和健身为主要的目的，不要增加孩子学习的挫折感和压力。

若是选择学习空手道和跆拳道，要考虑孩子的自我控制力。由于学龄前的孩子自我控制力较弱，很容易在与同学或友伴相处时，因为冲突而出现攻击行为，将才艺课学到的十八般武艺统统派上用场。因此，如果孩子活动量大又容易出现攻击行为，就要思考这项学习是否应该暂时停止，等孩子学会控制自己的冲动之后再考虑。不过，有很多武术教练会在课堂上特别强调自制力的训练和纪律的要求，如果孩子能从课程中学习到如何运用及控制自己的能量，对孩子的成长就相当有帮助。

有些家长会想，孩子太好动，是不是应该安排静态的学习，训练他安静，学习控制自己；因此会考虑参加书法课、围棋班、心算班，甚至是静坐。这些课程都是在帮助孩子静下心来，进行思考性的活动，并且建立先思考后行动的习惯。在参加这些课程时，家长要特别注意孩子的学习状况。如果孩子正好对这项课程有兴趣，他会愿意为了学习这项有兴趣的活动而让自己至少维持一段时间的安静，这样才能够从课程中获益。如果孩子没有兴趣，就很难要求他在课堂上安静并遵守规矩，对老师和小孩而言，都很难有效率地进行课程。可以考虑暂停一段时间，等孩子大一点儿，活动量较能控制时，再尝试看看。

好动的孩子并非无法进行任何静态的学习，如果是5人至8人的小型学习团体，课程安排得动态和静态的活动交错，孩子的学习效果会比较好。事前和老师沟通孩子的情况，并建议老师让孩子担任小帮手，都是预防孩子被误解、减少孩子挫折感的好方法。

活动量小的孩子

孩子的活动量小，通常对于需要大肢体活动的运动较没兴趣，可能会倾向于喜欢用手做精细操作的活动。建议家长至少协助孩子培养出一项运动的兴趣，规律地进行，这对孩子的身体健康和人际关系都会有帮助。

主动好奇的孩子

　　主动好奇的孩子喜欢尝试新鲜的事情，所以当妈妈提议要带他去参加各种各样的新课程时，他几乎都是兴高采烈地答应。只要是新鲜的，都想去瞧瞧，他的心里总是期待会有什么好玩的事情发生。等到课程上了一段时间，新鲜感过去之后，孩子就不像之前那么有兴致了，当上课的模式开始重复时，孩子的态度也会跟着懒洋洋。所以要让孩子继续保持学习的兴趣，最好是去参加每一次上课的内容都不大一样的课程，孩子才会觉得每一次都是新鲜的、无法预期的；或者是每隔一段时间，课程会出现一些明显的改变，孩子才会又开始兴奋起来。例如学钢琴，孩子一开始兴致勃勃，过了一段时间，练习一直在重复，就不像之前那么高兴，某一天，老师换了一本新的乐谱，孩子又会开始有兴趣练习。或是学游泳，也是一开始很有兴趣，学完一期，新鲜感过去了，就不想学了，过一阵子，妈妈又提议去另一个没去过的地方学，孩子可能又会高兴地答应。

 害羞退缩的孩子

　　害羞退缩的孩子对于陌生课程的第一个反应，几乎都是拒绝，因为他不喜欢面对新环境的压力。但不要因为他的拒绝就放弃努力，还是可以带孩子去参观、熟悉上课的地方，最好有机会能观察别人上课的情形。等孩子对环境熟悉之后，再问他一次想不想上课，也许他就能克服害怕，愿意去试试看。

如果有哥哥、姐姐或是邻居、朋友已经在上同样的课程，孩子也会比较愿意去尝试。因为有同伴，比较有依靠。

孩子通常熟悉一个环境之后，就很不愿意改变，因为他们和主动好奇的孩子正好相反，他们喜欢旧的、熟悉的环境和事物。所以家长在选择课程和班级时，要特别慎重考虑，不要在上课一段时间之后，又要再换课程，对孩子来讲要重新适应一个新的环境是相当辛苦的。

坚持度高低

坚持度高的孩子在学习任何课程时都比较容易看到成果，因为他们比较愿意为一个难度较高的目标，一再重复地练习。所以孩子如果学习一项乐器或是一项运动技能，比较不会半途而废。

坚持度低的孩子就不太适合学习那些需要长时间苦练的技能，最好是表面看来难度较低，通过玩游戏就能轻轻松松学习的课程。否则，就要在学习的过程中，不断地给予孩子大量的鼓励和陪伴。

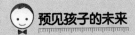

6 生涯的规划

如何为不同气质的孩子打造未来

俗话说"三百六十行，行行出状元"，如果希望孩子将来能够乐在工作，发挥所长，就一定要从多元的角度思考孩子的未来。

影响一个人生涯发展的因素很多，除了他的优势能力之外，还必须考虑他的兴趣、个性、价值观，以及就业市场的现实状况。所以如果孩子将来所从事的工作，既能发挥他的专长，又是他有兴趣做的事，工作的性质很适合他的个性，从工作中可以得到他所重视的价值感，再加上这份工作在就业市场中正好非常有发展性，那就太完美了。

父母可以从小观察孩子的兴趣和气质，从孩子的表现、反应和回馈中，逐渐勾勒出孩子未来的发展蓝图。不过，由于孩子在成长的过程中会不断地蜕变，可能需要经过多次的尝试和修正，孩子未来的发展方向才会越来越

清楚。

了解孩子的气质，可以帮助我们预测孩子长大后的个性，不同个性的人适合不同的行业。如果孩子的专长和气质正好配合往同一个方向发展，孩子未来在职场上就更加能够得心应手。

父母可以将以下的描述放在心里，作为参考。但是请切记，孩子的气质会随着成长而有所调整，孩子的能力也会随着学习而不断地展现出来，家长绝对不要太早预设立场，将孩子塞进自己期待的框框里。如果是这样，就算孩子在父母的期待下扭曲自己成为父母喜欢的样子，他的心里也一定不会快乐。唯有让孩子自在地做自己最适合、最擅长的事，他才能成为真正闪亮的星星。

 活动量大 的孩子适合需要活力的工作，最好工作的性质可以让他跑来跑去。

 活动量小 的孩子适合坐在办公室里，工作的性质最好是能够动手不动脚的。

 规律性高 的孩子喜欢重复性高的工作，每天朝九晚五，可以预测，也可以掌控。

 规律性低 的孩子适合需要随机应变的工作，像是在急诊室的夜班医生，或是消防队员。

主动好奇 的孩子适合需要与陌生人接触或是具有冒险性、开创性的工作。

 害羞退缩 的孩子适合自己一个人可以完成的工作，不需要与别人有太多的接触和互动。

 适应度高 的孩子适合需要配合团队行动才能进行的工作。

 适应度低 的孩子适合能够独立完成，能展现自己个性和主见的工作。

 反应强度强 的孩子适合表演或艺术方面的工作。

 反应强度弱 的孩子适合需要情绪稳定的工作，绝对不能从事容易引起情绪起伏而影响工作的工作。

 情绪本质正向 的孩子适合需要笑脸迎人的工作，像是公关或是接待客服人员。

 情绪本质负向 的孩子适合评论、监督、考核的工作。

 坚持度高 的孩子适合有挑战性、难度高、需要坚持忍耐到最后一分钟的工作。

 坚持度低 的孩子适合比较轻松、难度不高、容易完成的工作。最好有一个团队，大家分工合作，和别人一起完成。

注意力易分散 的孩子适合需要眼观六路、耳听八方的工作。工作中的刺激最好能一直变化，吸引住他的注意力。注意力易分散的孩子在看电视和玩电脑的时候最能专心持久，就是因为刺激不断变化，一直能吸引他的注意力。

 注意力不易分散 的孩子适合需要专注的工作，像是从事研究或是思考。

 敏感度高 的孩子适合比较没有强烈刺激的工作环境，适合需要察颜观色能力的工作。

 敏感度低·的孩子可以忍受比较嘈杂的工作环境，不容易受外在环境的影响，适合不需要察颜观色能力的工作。

父母也可以参考以下各种气质组型与职业的配对，帮助孩子思考未来的方向。不过要切记除了气质之外，孩子的能力、兴趣也是非常重要的指标，不能单由气质一个角度来认定孩子适合的方向。所以，父母要耐心地观察和追踪，不时地调整自己的假设。随着孩子成长到一定的年纪，个性、兴趣和能力越来越稳定之后，才能作最后的判断和决定。

规律性高/害羞退缩/坚持度高

这类型的孩子重视秩序、规律，作风保守，做事严谨，不喜欢与太多陌生人接触，属于循规蹈矩型的人。可能比较适合从事事务性的工作，喜欢处理有系统、有次序的资料，接受命令、执行任务认真负责。适合的工作像是秘书、会计师、出纳员、行政助理等。

主动好奇/活动量大/情绪本质正向/坚持度高/适应度高/敏感度高

这类型的孩子精力旺盛、活力十足，喜欢与人接触，容易与别人建立关系，具有察颜观色的能力；乐观、进取、勇于冒险、有野心，遇到困难就设法解决，不轻易放弃，经常在团体中扮演领导者的角色。可能比较适合团队领导、销售说服、督导策划等性质的工作，像是企业界的经理人员、行销业务人员、企业家、政治家等领导性的工作。

情绪本质负向/害羞退缩/坚持度高/注意力不易分散

这类型的孩子批判性强，容易从鸡蛋里挑骨头，对人际互动较缺乏兴趣，可能比较适合从事研究开发的工作，不需要与别人有太多的人际互动，但可以忍受长期独自一人的研究工作。这类型的人做事态度专注，不易被打扰，坚持度高，适合的工作像是科学家、电脑工程师、政治评论家等。

情绪反应强/规律性低/适应度低/敏感度高

这类型的孩子情绪丰富、深刻而强烈；生活作息不规律，无法预期他的下一个反应，但是自发性高、创造性强，不受外在规范的约束；主观性很强，不容易受别人影响，顺从性低；对人、事、物的感受非常敏锐。这样的孩子比较像是艺术家的个性，可能比较适合从事如作家、音乐家、画家、演员、艺术指导、动画设计等工作。

活动量大/规律性高/情绪反应弱/害羞退缩

这类型的孩子生活规律，具体务实，不擅长人际互动，情绪稳定，喜欢动手操作。可能比较适合实用取向的的工作，像是技术人员、产品维修人员、检验人员、外务人员等，也适合运动员、体育老师等工作。

希望在父母细心的陪伴下，每个孩子都能够发现自己的专长和优势能力，找到最适合他的个性和气质的发展方向。就像是百合花、玫瑰花、野姜花等，各有各的特色，只要能了解自己的特色，喜欢自己，欣赏自己，每一朵花都能绽放得一样美丽。

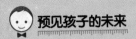

7 自信心的培养

不管孩子的气质如何都能让他们有自信

　　每个父母都希望培养出有自信的孩子，只是有些家长用对了方法，有些家长采用的策略却适得其反。

　　最常见的一种扼杀孩子自信心的古老方法就是："孩子表现好是应该的，不要给他们太多的称赞，以免他们志得意满，不再力求上进。永远要告诉孩子他的缺点，他还有哪些可以努力的空间，这样孩子才会继续不断地努力，总有一天可以出类拔萃。虽然在我心里很以孩子的表现为傲，但是绝对不能说出来，因为这样会妨碍他成长的空间。"

　　可能还有很多父母抱持着这种为孩子好的

苦心。孩子在这样的环境氛围下成长，为了得到父母的赞许，只好不断地努力。但是就算有再大的外在成就，他的心里始终还是觉得自己不够好，因为他已经习惯于不断地用更高的标准来要求自己，永远活在追求别人的肯定、"好还要更好"的桎梏里。

因此，要让孩子有自信，活得自在快乐，就千万不要从小这样残害他们。孩子有缺点需要改进，一定要帮他们想办法调整和改进；孩子有优点值得赞许，也不要吝于给他们鼓励和肯定。如果永远拿着100分的标准来看孩子被扣掉的分数，孩子永远不会有自信。唯有从0分的角度看到孩子得分的地方，孩子才会知道自己拥有些什么能力，相信自己是不错的。

孩子怎么看待自己，觉得自己是个怎么样的人，是影响孩子自信心的关键。从懂事之后，孩子就通过日常生活中与他人互动的点点滴滴逐渐形成对自己的看法，而其中很重要的一部分是来自于生活中重要他人的评价。由于孩子小的时候，缺乏独立思考和判断的能力，很难去评断爸爸妈妈说的话有多少正确性和可信度，几乎都是全盘接受；所以爸爸妈妈在日常生活中对孩子的评语，往往在潜移默化中成了孩子自我概念的一部分。父母的话语，在孩子的心里会变成他自己的声音，即使长大了，父母不在身边，那些话语还是一样地如影随行。如果父母对孩子总是指责和批评，孩子很自然地认定自己是个糟糕的孩子。如果父母能够看到孩子的优点，并将它指出来，给予正向的肯定，孩子也自然而然会相信自己是有价值的，进而建立自信心。

从气质的角度来看，每一种人格的特质都没有好坏，就看在什么情境下，从什么角度看待。有智慧的父母要学习从正向的角度描述和看待孩子的特质，孩子就会喜欢自己，进而对自己有信心。所以家长要练习将正向的口语描述变成日常生活的习惯。这样做不是要故意夸大孩子的优点，造成孩子过度地自我膨胀，而是要如实地给孩子回馈，但是注意从正向的角度描述，孩子会更加珍惜自己的优点，表现得更好。其实，孩子的每一项特质，从正向的角度看来，都是他的资产，就看他能不能在适当的情况下发挥，这一点得靠父母和老师的帮忙。

我的女儿从小相当好动，记得她幼儿园大班时，有一次我去参加学校的家长会，老师谈到带小朋友去户外教学的情形。老师说有一次去参观市立美术馆，大部分的孩子都很安静守规矩，只有三个小朋友，跑来跑去，静不下来。这三个人分别是×××、×××和我女儿。听到老师这样说，我的脸上立刻出现三条线，虽然早就知道她气质好动，这是必然的结果，但仍感觉有些羞愧。老师聊些别的事情之后，又谈到有一次户外教学，地点是××运动公园。公园里有一座非常高大的绳索攀爬架，大部分的小朋友爬到一半就停下来了，只有×××、×××和我女儿爬到最顶端。这时，我顿时脸上发光，感到莫名的骄傲。一阵高兴过后，我仔细想想，这三个爬到最顶端的小朋友，不就是在美术馆里最不守规矩的那三个吗？我才突然顿悟原来孩子的特质没有好坏，就看它被摆在什么位置。放对了位置是英雄，放错了位置是捣蛋鬼。做父母的我们一定要时时提醒自己，了解孩子的气质和优势能力，给他们适合的环境，让他顺情适性地发展，表现出他最轻松自然又容易展现优势的那一面，这样孩子就会活得有自信又快乐，我们也才会快乐。

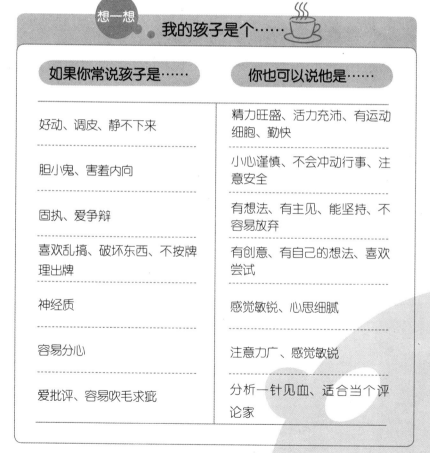

想一想　我的孩子是个……

如果你常说孩子是……	你也可以说他是……
好动、调皮、静不下来	精力旺盛、活力充沛、有运动细胞、勤快
胆小鬼、害羞内向	小心谨慎、不会冲动行事、注意安全
固执、爱争辩	有想法、有主见、能坚持、不容易放弃
喜欢乱搞、破坏东西、不按牌理出牌	有创意、有自己的想法、喜欢尝试
神经质	感觉敏锐、心思细腻
容易分心	注意力广、感觉敏锐
爱批评、容易吹毛求疵	分析一针见血、适合当个评论家

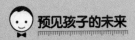

如果你常说孩子是……	你也可以说他是……
情绪化	情感丰富、热情
好管闲事	热心助人、主动热情
规律性低、难以预测	有弹性、能变通

　　接下来换你想一想日常生活中你常用来描述孩子特质的形容词，如果它是负向的，尝试把它改成正向的特质。如果你实在想不出来怎么改，可以和其他人讨论看看，别人也许可以提供我们一个不同的观点。

如果你常说孩子是……	你也可以说他是……

另一个影响孩子自信的原因是来自于比较，人们需要通过比较来了解自己在群体中的定位，以便得到安全感。但是比较也常常是造成不快乐的原因。父母在养育孩子的过程中，往往不知道什么才是对孩子合理的期待，很容易掉入了比较的陷阱，用同一个标准来看待每一个不同的孩子，用大多数人认为是理想孩子的形象作为努力的目标。父母很容易拿自己的孩子和别人的孩子比较，比赢了就很开心，比输了就很忧心，于是情绪就在比较之中起伏不定，对孩子的态度也受到比较结果的影响而时好时坏。俗话说"人外有人，天外有天"，再怎么比较都找得到在某方面比自己表现更好的人。若是想要超越比较的心情，父母必须清楚自己重视的价值观及对人的看法，才不会受到旁人的影响。最好的方法是能够从气质的观点来看待孩子，了解每个孩子都是独特的、无法比较的，有自己独特的气质、能力和兴趣。每个孩子都是不同气质的组合，因而展现出一个独一无二的自己。父母如果能把这样的观点传达给孩子，孩子也能自然地看待周遭每一个人的独特性，学会欣赏别人也欣赏自己的优点，不会因为在某一个方面与别人比输了，就给自己负面的评价。

结　语

　　孩子选择来做我们的小孩，是因为他知道，我们有能力去爱一个像他这样特别的人。不论你的孩子是个理想中的小甜心，还是经常让你快要抓狂的小魔头，请珍惜你和孩子的这份缘分，要相信我们与孩子的相遇，一定是有意义的。他们让我们的生命更完整、更丰富，也更精彩。

　　不论我们是怎么样的父母，在孩子的世界里，我们永远是最重要、最有影响力的人，请不要辜负他们对我们的信赖和期待。

　　孩子的存在是用来教会我们如何无条件地爱一个人，让我们有机会展现出人性中最崇高最美好的那一部分。每一位爱孩子的父母都知道"爱"是什么，因为我们在每天与孩子的相处中，分分秒秒体验着"爱"的感觉。

　　所以，请你用心地倾听孩子内在的声音，相信他所传达的讯息，也相信自己的感觉；支持他，并且用适合他的气质的方式来与他相处；不要在乎别人所谓的应该和社会的期待，或是别人不了解的建议。只要我们能够提供孩子充满爱的氛围，相信每个孩子都能按照他独特的方式快乐茁壮地成长，走出属于自己的路。而这个世界也因为有你，又多了好几个幸福快乐的孩子！

图书在版编目(CIP)数据

预见孩子的未来/张黛眉著.
北京:中国人民大学出版社,2007
(朗朗书房·亲子教育系列)
ISBN 978-7-300-08667-5

Ⅰ.预…
Ⅱ.张…
Ⅲ.家庭教育
Ⅳ.G78

中国版本图书馆 CIP 数据核字(2007)第 163516 号

朗朗书房

朗朗书房·亲子教育系列
预见孩子的未来
张黛眉　著

出版发行	中国人民大学出版社	
社　址	北京中关村大街 31 号	**邮政编码**　100080
电　话	发行热线:010 - 51502011	
	编辑热线:010 - 51502036	
网　址	http://www.longlongbook.com(朗朗书房网)	
	http://www.crup.com.cn(人大出版社网)	
	http://www.ttrnet.com(人大教研网)	
经　销	新华书店	
印　刷	廊坊市时嘉印刷有限公司	
规　格	150 mm×229 mm　16 开本	**版　次**　2007 年 11 月第 1 版
印　张	11.5　插页 2	**印　次**　2007 年 11 月第 1 次印刷
字　数	106 000	**定　价**　16.80 元